文芸社セレクション

早春の山

椰田 夕子
NAGITA Yuko

文芸社

目次

ママコノシリヌグイ

　コロナは肺の病気と聞いたので、特にトマトを意識して食べた。トマトは肺の若がえりにいいという。特にミニトマトがいいらしい。毎日サラダにトマトは欠かせない。弁当にはミニトマトを3、4粒入れていく。トマトがない時は、オムライス、ミートソース、ハヤシライスなど、トマトが原料の料理を意識して作った。

　そのせいか以前はカゼをひくと1ケ月くらいせきが長引いたのに、カゼをひいてもあまりせきをしなくなった。

　ノロウイルスやインフルエンザには、ヤクルトやR1を飲み免疫力を上げている。加えてトマト、コロナ対策は万全のはずだった。

　コロナが五類になって油断したのだろう。お盆前に次女・私とコロナにかかった。親しい人には、「来ないで」「外出できない」と連絡した。

「足りない物があれば買い出しするよ」と返事が来た。

　普段から多めに買い置きしているので、大丈夫そうだった。のどが痛くてつばも飲み込めない。2人とも食欲がなく食料品の減りは少なかった。生協や牛乳の宅配をしていたのも良かったと思う。

十分に在庫があったのに、一番に足りなくなったのはティッシュペーパーだった。鼻水やたんが沢山出てストックが無くなった。家中手が届く所に置いてあるので、少し歩けばいいだけだ。1、2ケ所無くなっても困ることはないだろう。

駅前で配っていたポケットティッシュも探せばいくらでもある。トイレットペーパー、キッチンペーパー、最後は、新聞紙をくしゃくしゃにして……。

青森県で自給自足生活をしている一家が時々テレビに出る。お尻をふくのにフキの葉など、その時生えている植物の葉を使っている。一番いいのはキウィーフルーツの葉だそうだ。

私は植物観察しながら里山を歩いているのだが、ソバの花に似たピンクのかわいい花がある。つるや葉に刺があり、継子の尻をふく草からママコノシリヌグイと名付けられたという。恐る恐るつるや葉の刺を触った。結構な痛さである。かわいい花なのに、ママコノシリヌグイだなんて、想像するだけでも身の毛もよだつ名前だ。

似た植物で、アキノウナギツカミという植物がある。刺のあるつるや葉なら、うなぎもつかめるという意味であり、刺が少し柔らかいだけだが、こちらは長閑《のどか》な雰囲気がある。

蓼《タデ》食う虫も好き好き

動植物を見ながら里山を歩いている。夏から秋にかけてタデのピンクのかわいい花をよく見掛ける。同じような花に見えるがよく見るといろいろある。

ピンクの花を沢山つけるイヌタデ。子どものころ、赤い花を赤飯に見立てままごと遊びをして「赤まんま」という人が多い。

ハナタデ。イヌタデより花穂が長く、まばらに薄いピンクの花が開いているのもかわいい。

サクラタデ。ハナタデより花が大きくサクラの花に似ていて、とてもきれいだ。サクラタデとの名がふさわしい。

稲刈りがすんだ田にヤナギタデがあった。白とピンクの花がきれいだ。葉がヤナギの葉に似ているからヤナギタデの名がついたという。

仲間の1人が葉を口に含み「辛ーい」と叫んだ。私も細い葉をかじってみた。初めは何の味もしなかったが、だんだん辛くなってきた。葉を捨て、リュックをあさり、チョコレートを食べてアメをなめたが、その辛さは続いた。お昼を食べても口の中がイガイガして不快感が夜まで続いた。

「これが『蓼《タデ》食う虫も好き好き』のことわざのタデだよ」と教えてもらった。

帰って図鑑やグーグルで調べると、マタデ、ホンタデともいい、刺身のつまにある赤紫色の小さい双葉が紅タデといい、ヤナギタデの変種だそうだ。

イヌタデの葉は辛くないのでイヌがつき、ボントクタデのボントクはボンツク（愚鈍者）の意味で葉に辛味がないからボントクタデ、タデの葉は辛くないといけないらしい。

佐倉の国立歴史民俗博物館のくらしの植物苑にアイが植えられていた。タデに似ていると思ったら、アイはタデアイ（蓼藍）やアイタデ（藍蓼）といい、タデ科イヌタデ属だそうだ。葉が辛いかどうかはわからない。

何を食べようが自由ですけど

スマホにいろいろなアプリがある。私はアプリ類はあまり使っていないが、食事の写真を撮るとカロリー計算して、健康管理や食事管理をしてくれるものがあるらしい。電車の中で食事をスマホのカメラに収めている人を続けて見た。

東北新幹線の上りの車内。仙台から乗ってきて隣の席に座った男性は、席に着くなり、座席のテーブルを広げビニール袋から品物を取り出して並べ、並べ替えたり手に取ってみたりしている。

何をしているのだろう。横目で見ると20個くらい入っていそうなギョーザのパックとギョーザと同じくらい入っていそうな唐揚げのパックと５００㎖と３５０㎖の缶ビールを写真に収めている。午後4時なのでつまみだろうか、夕食だろうか。それにしても、ギョーザと唐揚げと缶ビール２本。カロリーを気にしているなら、この組み合わせはどうだろう。野菜は？　米は？　つまみであっても、もっと他になかったのだろうか。新幹線の車内という閉ざされた空間でかなり強烈な臭いを放っている。男性はギョーザと唐揚げと２本の缶ビールをあっという間に平らげる。他の客も弁当などを食べているらしく、いろいろな匂いが漂ってくる。

普段私たちは夕食らしい夕食を取らない。その時の気分でサラダやヨーグルト、果物、お菓子などを少しつまむ程度だ。

朝食は宿でしっかり取った。昼は中尊寺の展望台で昨日の朝食の菓子パンの残りとお菓子などを食べた。新幹線に乗ることばかりに気をとられ夕食について全く考えなかった。

車内のあちこちからいい匂いが漂ってきて何か買ってくれば良かったなぁ、という気がしてきた。特に隣の席からのギョーザと唐揚げの匂いは刺激的で異彩を放っていた。

家に着いたのは8時近かった。新幹線の中では無言だった2人。家に着くなり、「新幹線の中のギョーザと唐揚げってないよね」と言いながら、土産を広げ、冷蔵庫をあさった。

三人寄れば文殊の知恵

冬、8人で水元公園に行った。風の強い日だった。公園内に入りトイレを済ませ防寒着など身仕度を整え歩き出した時、カラスが頭上を飛んで行った直後、頭に何か当たった。

「鳥にフンを掛けられたかも――」

帽子を取ってみると、やはりフンがついていた。

「ウンがついたってことだよ」

「帽子を被っていて良かったね」

周りの人が口々に慰めてくれたがショックだ。ティッシュでふくと思ったよりきれいに取れて、フンがついたのがわからないくらいだった。

気を取り直して歩き出した。

池の上にかかる橋を渡っている時突風が吹き手に持っていたメモ用紙が飛んで、池の真ん中辺りに落ちた。今日の日付、天候、交通経路、金額、時間、今まで観察した物などいろいろ書き留めたもので、私にとってはとても大切な物だが、池の真ん中でどうやっても手が届きそうにない。あきらめるしかないだろう。

「何か長い棒でもあれば取れるんじゃない？」

1人が木立ちの下や池の岸を見て回った。

「これでやってみよう」

もう1人がセイタカアワダチソウの枯れた茎を持って橋に戻って行った。セイタカアワダチソウを伸ばしたが全く届かない。

「逆にしてみたら？」

根元の方で取ろうとしたが全く届かない。今度は根元の方を持って穂先を伸ばしたが、やはり届かない。穂先が水面についたら紙が少し動いた。

「穂先で水面を何度かたたいたら、こっちに来るんじゃない？」

何度かやってみると大分近づいてきた。

「そうだ。その調子、もう少し」

「もう届くんじゃない？」

穂先では柔らかくて紙が持ち上がらない。もう一度根元の方を先にして紙をすくってみると持ち上がった。橋の上で紙を手に取った時信じられない気持ちだった。嫌われ者のセイタカアワダチソウだが、役に立った。今日は感謝だ。

近くの水道でメモ用紙と手を洗っていると池の周りで傍観していた5人は「絶対取

れないと思ったー」と笑った。

「やっぱり、ウンがついたからだよ」

「1度ぬれた紙は洗ってもボロボロになっちゃって使えないよ」

という人もいた。けれど風があっという間にかわかして少しパリパリしているけれど、破れることもなく文字も書けた。

3人で協力してメモ用紙を回収できた。

「3人寄れば何とかって言うけど、本当にそうだね」

ロマネスコと青虫

行きつけのスーパーと違う店で買い物をした。ロマネスコが安く売っていた。先日見た値段の半額以下だ。この前はブロッコリーの3倍の値段がして買えなかったものだ。こんな機会はめったにないと3個も買って帰り「そんなに買ってどうするの？」と次女に叱られた。

ロマネスコを初めて食べたのは、2、3年前。スーパーで見掛けて変わった野菜だなぁ、どうやって食べるのだろうと思っていた物を次女の幼稚園時代からのママ友が持ってきてくれた。ママ友とは20年の付き合いだ。家庭菜園で取れた物だという。「ロマネスコ」と名前を聞いてもなかなか覚えられない。ロマネスコと聞くと一瞬「国際ロマンス詐欺」が頭に浮かぶ。実際魅惑的な形の野菜だ。黄色みかかった鬼の角のようなドリルの先端のような物が螺旋《らせん》状にびっしりついている。その1つ1つにまた螺旋状に鬼の角のようなドリルの先端のような物がついている。カリフラワーのような、ブロッコリーのような、ゆでると柔らかくてポロポロ崩れてしまいそうだが意外としっかりしている。味はカリフラワーに似ている。スマホ検索したらカリフラワーの一種とあるので、なるほどと思った。

買ってきたロマネスコをテーブルに並べスマホで写真を撮った。どこから眺めても素晴らしい。つくづく芸術品だと思った。

ママ友の家庭菜園は夫の実家が元農家でかなり広い。芋掘りや草取りなど人手がいる時は、ママ友一家とその両親、姉夫婦、妹と子どもたち、私と娘、ママ友、姉、妹の友人などが集まってにぎやかに行う。

昨年はロマネスコを植え損ねたが、本業の農家の人にブロッコリーとキャベツの余った苗をもらって植えたという。ロマネスコはないんだとがっかりしたがその分ブロッコリーとキャベツを沢山もらえるからいいかと思い返した。

ある日、ブロッコリーとキャベツの青虫を取るからと畑に連れて行かれた。網を掛けないでいたら大量の青虫がついているという。気が付いた時ざっと払い落としてきたが、まだまだついている。一度青虫を取り切ってから農薬をかけるという。大量の青虫発生と聞いてある光景を思い出した。

昨年のさつま芋掘りの時、昼食を食べていると10匹くらいのモンシロチョウが乱舞しながら畑の上を飛び回っていた。実に長閑《のどか》な光景だった。

「きれい」

皆スマホに収めながらも「これが来年……」と危惧したのがこの有り様だ。

畑に着き車から降りると透明のビニール袋と割り箸《ばし》を渡された。私は取った青虫をまとめて捨てるのかと力任せにつまんで袋に入れていたが、ママ友は「小学1年の末息子が持って帰るかと思って」と優しくつまんでいるという。

「えっ？　これ持ち帰って飼うの？」

これが全部チョウになったら家中チョウだらけになって逃げ出したチョウが卵を産んで……大変なことになっちゃうよ。そこまでにはならないと思うけど、本当に？と思いつつ私も優しくつまんで袋に入れるようにした。

昼食後もひたすら青虫を取る。弁当持ちである。自前だ。青虫はビニール袋の半分になろうか。それでも先は見えない。

ママ友は気付いた時粗方落としたんだけど、その時取り切れなかった物が今大きい物、小さい物はその後青虫になった物だという。確かに大小の青虫がいる。葉には何匹も並んで付いている。

小学1年の末息子が学校から帰って畑に来た。袋にびっしり入った青虫を見て持ち帰るという。

マジか。

末息子が大量の青虫が入った袋を手にする写真を家族ラインで送ったら「かわいい」と返信がきたという。

「かわいいか？」

　以前ママ友のお母さんが、私のことを「変わっている」と言ったそうだ。それは否定しない。自分でも変わっていると自覚している。世間一般の好みとずれているので流行には乗れない。他の人がいいと言っている物を「ふーん」と冷めた目で見ている。それを言うならママ友も同じようなもので、どっこいどっこいという所か。お互い変わり者だと自認している。

「それはそうでしょ。確かに私は変人だと思っている。でも、そういうあなたも変わり者だよ。その変わり者と20年も付き合っているなんて、普通の人ではできないよ」

「そうだよねぇー」

「そうだよ。でも上には上がいて、私たちはまだまだいい方だと思う。常識人の枠にギリギリしがみついている感じだよね」

「うん。指1本で何とかしがみついている」

　と笑い合った記憶がある。

　ビニール袋の中でうごめく青虫をかわいいだなんて、変わり者の家族も変わり者か。

　一通り青虫を取っても振り返れば、また横を見れば、まだ青虫がついている。がっかりだ。

　最後のころには、手袋をしているけれど割り箸無しで青虫をつかめるようになった。

「今晩うなされるかもね」

「うん、多分うなされると思う」

絶対うなされると思っていたが実際うなされることはなかった。

目を閉じると葉についた青虫の残像が浮かんで眠ることができなかったのだ。目を開けると青虫は消える。でも目を閉じると葉に青虫がいっぱいいて、まだこんなにっいていると慌てて取ろうとしている。その繰り返しで、朝まで寝た気がしなかった。

英語修業

日比谷に行った。改札の前で困り顔の女性に声を掛けられた。フィリピン系のようだ。乗り越し清算機の前で「シロカネダイ」「シロカネダイ」という。急にシロカネダイと言われてもピンと来なかった。

今はどこへ行くにもパスモか１日乗車券を使うので、清算機の使い方がわからない。駅員さんに聞いても「清算機でやって」と言われたそうだ。画面はアルファベット表示、余計わからない。しばし画面をにらみ、ＭＩＴＡＬＩＮＥをタッチすると沢山の駅名が表示されるがそこに「ＳＨＩＲＯＫＡＮＥＤＡＩ」はない。画面の隅に「ＮＥＸＴ」とある所をタッチするとバッと画面が切り替わり「ＳＨＩＲＯＫＡＮＥＤＡＩ」が出てきて一件落着。

海外の人は漢字表記よりアルファベット表記の方がわかりやすくて、日本人は漢字表記の方がわかりやすいことを実感した。

６月に昔の同僚と３人で熊本に出掛けた。１人は義母を介護しているので２泊が限度。しかも佐賀県出身で１泊は実家に泊まるという。もう１人は、友人が鹿児島にいるので熊本に2泊した後鹿児島に移動し、鹿児島から帰るという。熊本へは3人一緒だった。鹿児島から帰る友人が飛行機も宿も予約してくれて、佐賀出身の彼女は1年に1度のペースで帰省しているので飛行機の搭乗手続きを含め空港のことは何でも聞いてという感じ。私は2人に着いて行くだけ。

帰りは1人でドキドキだ。熊本城のバスターミナルで一緒になった男性に着いて行き、見様見真似で何とか搭乗手続きをする。この先どうしよう。振り返ると男性が荷物の整理をしている。この先不案内なので一緒に行ってほしいと頼み乗り場の前まで行った後時間まで自由行動になった。男性は年金生活者で時間に余裕があり、あちこち旅行しへビーユーザーなのでラウンジで時間を潰すという。私は土産物店など空港内をぶらぶらして過ごした。

男性とは機内の座席は隣同士。成田空港には息子さんが迎えに来てくれるとのことで、成田に着くなり「じゃあ」と行ってしまった。1人残されてまごついたが、なんとか京成電車に乗りほっとした。

そして、ふと思い付いた。空港で働けば空港内の場所や搭乗手続きなどの流れが、おいおい理解できスムーズな旅ができるのではないかと。

それから数ケ月後、求人広告に空港での仕事があり応募した。面接の時、車椅子の人の補助をする仕事で海外からのお客様も多く、案内する場所が広範囲になるけど、腰は大丈夫ですか?と何度も念を押された。私は腰よりも英会話の方が心配になった。「英語が話せなくても大丈夫ですよ。私も話せませんから」と言うが、結果は不採用。漠《ばく》然と英語が話せたらと思っていたが、やはりいざという時のため勉強しておいた方がいいと思った。

でも時間もお金もない。テレビの番組表を見ると英語や英会話の番組が多い。手当たり次第に録画して繰り返し見ることにした。『テレビ前留学』である。番組の終わり頃に質問が出る。そして「今度はテレビの前のあなただけで行くよ」と言われても言葉が出ない。でも英語を聞くと耳がちょっと敏感になって英単語を聞き取ることができるようになった。

今回の乗り越し清算機の彼女は完璧《ぺき》な日本語を話したので、日頃の特訓の成果を出す機会はなかった。乗り越し清算機に手間取ったのはアルファベットに目が慣れていなかったせいもある。

朝日新聞に月に1度英文と日本文で天声人語が掲載されるのを書き写している。英文の意味は全くわからない。次に日本文を書き写すとそういうことが書かれていたのかと思う。月に1度の掲載だが大分溜めてしまった。アルファベットに目を慣らすため溜まっていたのを一気に書き写したが、先はまだ長い。

四つ葉摘む熟女よ　今が青春ぞ！

4月中旬10人程のグループで千葉市の花島公園に行った。雨上がりのさわやかな晴天だった。公園に着いてすぐ、数人が芝生で四つ葉のクローバー探しを始めた。花島公園での目的を立てていないというので、花島観音に参拝しようと提案し移動した。花島山天福寺には、木造十一面観音立像（像高2・29メートル、カヤの一本造で胎内に「建長8（1256）年、仏師、賢光作」の墨銘）があり、花島観音と言われている所以《ゆえん》である。

建長8年とは、鎌倉時代である。蒙古襲来以前だ。33年に1度、4月18日に開帳される秘仏だそうだが、次回はいつ開帳されるのだろう。家から近い所にこんな古刹《こさつ》があるなんて驚きである。山門の西側には、大きな草履が奉納され、山門の格子には無数のわら草履がくくりつけられている。足腰や旅の祈願のためと思われるが、由緒書きなどは見当たらなかった。

寺の下には、花見川が静かに流れている。

江戸時代に3度、干拓工事が試みられるが、この花島観音下と横戸の弁財天辺りの分水嶺の場所が難所であったそうで、昭和46（1971）年、大型重機の投入でやっと完成することができた。

江戸時代の3度の干拓は、いずれも失敗に終わったと言われているが、江戸時代には小舟くらいは通れたそうで、実際『江戸幕府撰下総《しもうさ》国絵図』天保9（1838）年には、印旛沼と東京湾は1本の川として描かれていた。

昔の人の苦労も知らず、私たちはのんきに物見遊山を楽しんだ。

花島公園は桜の名所としても有名で、時期が少し早ければ桜と菜の花の競演を楽しめたかもしれない。今はすっかり葉桜になり、菜の花もわずかに残った黄色い花びらが菜の花であることを主張しているように見える。

公園の池やせせらぎの流れ、こいのぼり、上溝桜《うわみずざくら》の白い花に涼を感じながら東屋《あずまや》で昼食をとった。

芝生広場に戻り、バスの発車時刻まであと1時間。花見川団地内に行けば、バスの本数も多いだろうから、団地の交番辺りまで歩いてみようかとの意見も出たが、土地不案内で迷いながら行ったらどちらが早いかわからないのではないか、ということになり、各々1時間つぶすことになった。

まずSさんがお昼に買った高級和菓子を御馳走《ごちそう》になり、ベンチに座っておしゃべりをしたり、ビニール袋をふくらませ風船代わりにして手でついてバレーボールの真似事をしたり、四つ葉のクローバーを探したり思い思いに1時間を過ごした。

四つ葉のクローバー探しなんて何年ぶりだろう。いや何十年ぶりか。

四つ葉のクローバー探しの名人といわれているMさんがすぐに見つけた。その後なかなか見つからず皆苦戦した。何気なく見ていたクローバーの中に「ん?」と思う物を見つけた。数えてみるとやはり四つ葉だった。摘み取ったクローバーを手にどんな幸せがあるのだろうと考えた。この日四つ葉のクローバーを見つけたのは、Mさんと私の2人だけだった。

私たちは真剣に四つ葉のクローバーを探していたのだが、端から見たら、白髪頭のおばさんたちが落とした補聴器でも探しているようにしか見えなかったかもしれない。

花島観音

「四つ葉摘む　熟女よ　今が青春ぞ！」をエッセイの会で読み上げると女性陣は四つ葉のクローバーの話で盛り上がった。何葉まであるのだろう。Yさんが後で調べてくれて、２０２1年5月岩手県で56葉のクローバーが発見されギネス登録されたと教えてくれた。

博識で生き字引と呼ばれているHさんが、「松本清張が、新川開拓のことを書いている。すごい悪人が出てくるんだよ。何て言ったかなぁ」

Hさんが「すごい悪人、すごい悪人」という度、私たちは笑った。

「そんなに悪い人なの？」

「うん。ものすごく悪いんだ」

私たちはどんな悪人なのだろうと興味津々で、Hさんを見つめた。

「あ、鳥居耀蔵だ」

Hさんがやっと思い出した。鳥居耀蔵、妖怪と呼ばれ恐れ憎まれた人物だ。確かに悪人である。テレビで歴史学者が誰が一番悪人かと問われ、皆一番に挙げるのが鳥居耀蔵だったので、相当な悪人に間違いない。

私は葛飾北斎が好きで北斎の後半生と鳥居耀蔵の前半生が同時期に重なり、北斎の知人も蛮社の獄で処罰されているし、北斎の小布施行きの要因になったと言われているので鳥居耀蔵に関心を持っている。その鳥居耀蔵が新川開拓でこの地に来ていたのか。

早速図書館に行き、松本清張の本を探した。全集の中に『天保図録』があった。上・下刊あり一冊がかなり厚い。中身を見ると1頁が上・下に分かれて、しかも細かい字でびっしりと書かれてかなり読みがいがありそうだ。借りて読み始めたが登場人物が多く、さらに同じような名前が出てきて難しい。何度も読むのを止めようと思ったがHさんのお勧めだし……。気を取り直し気合いを入れながら、何度も返したり借りたりを繰り返して何とか読み切った。弁財天や花島観音がよく登場した。

花島観音には何度か行った。

昨秋も9人で京成勝田台駅から新川沿いを歩いて花島観音に行った。横戸の弁財天でも花島観音でもイチョウの黄葉が見頃だった。

花島観音で参拝し隣にある神社にも参拝しようと振り返ると賽銭《さいせん》泥棒と思える男が、石碑の陰で私たちが立ち去るのを待っている風だった。

花島観音には賽銭箱がなく私は扉《とびら》の下の透き間から賽銭を押し込んだ。扉の枠や扉の手前に置いてある賽銭もあった。私は無駄な抵抗だと思いながらも近くにいた人にも手伝ってもらって、「多分盗られちゃうと思うけど」と言いながら賽銭を扉の下の透き間から拝殿の中に押し込んだ。

隣の神社にも参拝するつもりだったが止めた。せっかく賽銭をあげても賽銭泥棒にみすみす盗られてしまうのは嫌だ。

前回もこんなことがあったなぁと思いながら昼食を取る東屋に向かった。

昼食後、花島公園を歩いた。花島観音の隣にある池を見てせせらぎの方に進んだ所で、先程の賽銭泥棒が片手に飲み物を持ち菓子パンを食べながら歩いて来て擦れ違った。

「あーあ、私のあげた賽銭が、賽銭泥棒の昼食になっちゃった」

私の手元から離れたお金とは言え、またその人にはその人の事情があるのだろうけれど悲しかった。

松本清張の『天保図録』には鳥居耀蔵の権力を振りかざし讒言《ざんげん》する悪人とは別に小悪人が出てくる。賽銭泥棒と小悪人が重なった。

新川開拓を初めに行ったのは、平戸村の染谷源右衛門で、享保9（1724）年幕府からの借入金で平戸村から江戸湾の検見川《けみ》まで約17キロメートルの掘割工事にかかるが資金不足で中断。この時源右衛門が工事関係者にふるまったのが、現在「源右衛門鍋」になり、「ニッポン全国鍋グランプリ」で優勝したこともある「もちぶた炙りチャーシューバージョンとん汁」である。

私は、まだ食べたことはない。

ケサランパサラン

新婚当時、外房の鴨川に住んでいた。

ある晩、青梅の御岳山でのボランティア仲間から電話があった。

ガガイモの実を探しているが見つからない。鴨川にあったら取って送ってほしいという。

学生時代何人かで多摩川で遊んだ。バドミントンなどをして遊んでいるとフワリフワリと綿毛が飛んでくる。どこから飛んでくるのだろう。綿毛の飛んでくる方を探したらガガイモの実だった。実が割れてその中から綿毛が風に乗って飛んできたという。最近そのことを思い出して昔遊んだ辺りを探してみたが見つけられなかった。他にも心当たりを探したが見つからない。鴨川にあるかもしれないからとガガイモの説明を始めた。

ガガイモはツル植物で根が芋みたいだからガガイモというらしい。宿根でツルが伸びるが種からも増える。葉はハート型で厚みがあり光沢もある。花は紫色で厚みと毛がある小さな花が集まって咲く。実は10センチ程の円錐《えんすい》形でツルにぶら下がってなる。

熟すと裂け綿毛のついた種が飛び出す。佐藤さとるの『コロボックル物語』の小人やコロボックルのモデルだと言われる少彦名命《すくなひこなのみこと》がこの殻《から》を舟にしたという。

一応探してみるけどあまり期待しないでと電話を切った。夫も私も初めて聞く名で図鑑で調べた。だいたい電話で説明された通りだった。夫は彼女のことを「ガガイモのおばさん」と呼んだ。

買い物に行く時いつもと違う道を通った。いつもは田んぼの畦《あぜ》道を通って行くのだが、少し遠回りになるけれど車道を歩いてみようと思った。車道の土手にセイタカアワダチソウがいっぱい咲いていた。セイタカアワダチソウの黄色い花や茎にマメのようなものがぶら下がって、中には実が裂け綿毛が飛び出している。

ガガイモとは、これか？

買い物を終え1度荷物を置いて、再度セイタカアワダチソウの所まで来た。手が届く所にあるかなと心配したけれど、セイタカアワダチソウが一面に咲き茎にはガガイモの実が沢山ついている。取ろうと思えばいくらでも取れそうだった。

夜、ガガイモが取れたと電話し、翌日郵送すると言った。

「ガガイモのおばさん、ちゃんと探したの？」

夫は私がすぐ見つけたからそう言うが、ガガイモの実を見つけるのは難しい。

私もその後ガガイモが気に入って探しているのだが、なかなか出会わない。ツルは見つけても花が咲いたり、ましてや実をつける所までにはならない。

里山を歩き植物観察をしていて下見のため船橋アンデルセン公園に行った。「アンデルセン公園西口」でバスを降りると、バス停のポールの下にガガイモの花が沢山咲いていた。観察会当日には実になっているかも、と期待したが、約1ケ月後観察会当日バスを降りたらガガイモはきれいさっぱり刈りとられていた。

市役所の駐車場のフェンスにガガイモのツルが巻きついていた。自転車を止めてみると花も咲いていた。このまま実になってくれるといいな。市役所の職員が働き者でなければいいなと祈ったが、3度目に通った時きれいさっぱりなくなっていた。

勝田川沿いの休耕田のヨシにガガイモの実が沢山ついていた。その後、何度かその辺りを通ったがツルさえ見つけることはできなかった。

秋、南酒々井にある酒蔵飯沼本家のハイキングコースを歩いた。十数人で午前は短いコース、午後は長いコースを歩いた。午後は一部車道を歩くので私は車道部分をさっさと歩いて畦道に入った所で待っていた。

「さっきガガイモの実があったでしょ」

後から来た人たちが話しながら歩いてくる。

ガガイモの実があったのか、と残念に思っていたら、土手の草の中にガガイモの葉があり、それをたどっていくと大きな実が2つあった。少し離れた所にも、もう1つ。

「ここのガガイモの方が立派」

「撮りやすい」

後から来た人たちは、カメラに収めている。畦道の両側は丁寧に刈り込まれているが山の斜面の方までは草刈りされず残っていて、とても嬉しかった。

図書館で植物図鑑を見ていたら、丁度ガガイモの頁だった。

「ケサランパサラン」とはガガイモのことと書かれていて、「ケサランパサラン？　って何」と不思議に思った。

家に帰ってグーグル検索すると、ガガイモの綿毛のことで、「手に入れると幸せが来る」という伝説があるそうだ。

ルビーとサファイア

２０２３年は吉祥草《きちじょうそう》の花の当たり年だったと思う。行く先々で花の群生に遭った。吉祥草は湿った日陰を好み、細長い葉の根元にピンクの小さな花を10センチ程の穂状につける。花が咲くと吉事があるとかで吉祥草と名付けられた。

翌年赤紫色の実をつける。実がなるとやはり吉事があるとかで花も実もめでたい植物だ。１センチくらいの実はルビーと言われる。色も形もルビーの玉のようで美しい。

サファイアと呼ばれているのがジャノヒゲ、別名リュウノヒゲの青い実だ。私はこの青い実が大好きだ。

冬に細長い葉を掻《か》き分けて青い実を見つけると手に取り、空にかざして空の青とどちらが青いかと見比べたものだ。

母の実家の横を小さな川が流れている。栃木県の流れを集め茨城県の中央を流れ太平洋へ注ぐ那珂川の支流の緒川の支流の小舟川の支流の大貝川である。川幅１メートルくらいの小さな川で、子どもでも石を飛び越えて対岸に渡れる程だった。いとこの話では祖父が昔はもっと水量が多く、特に大雨の時はものすごい勢いで流れたとよく言っていたそうだ。

私はこの川が大好きで母の実家に行くとまず川へ行き、自宅に帰る前もギリギリまで川を見ていた。メダカやドジョウなどの川魚や水が石の間をあわをかみながら流れる様子を1日中見ていた。

よどみの上の岩肌やそこに咲く花、上流の浅瀬を対岸に渡ると畑がありお茶の木が植えられ、その下にジャノヒゲがあった。大きな青い実が沢山あってポケットいっぱいに詰めて持ち帰り、縁側でどの実が一番大きいか、どの実が一番青いか見比べていた。

祖母が「敷居に並べてごらん」と言った。

私は一番と思える物から並べていった。ある程度までいくと大差ない物ばかり。実を回収し、また一番と思える物から並べ始める。何度も、何度もその繰り返し。何度繰り返しても同じようなもので、途中で甲乙つけがたい物ばかり。そもそも順番をつけてどうなる物でもないのだけれど。飽きるまで日がな一日やっていたように思う。

私の実家は葉タバコ農家で秋から年末は出荷準備で忙しく母の実家に預けられていたそうだ。いとこたちは学校に行っているので、帰ってくるまで遊ばせるのは祖母にとって大変だったろうと思う。祖母にしたら1人で遊んでいてくれて助かったかもしれない。

母が言うには赤ん坊のころ、畑仕事をしている間カゴに入れておくとずっと空を見ていたとか。

今も青空や雲を見るのが好きだ。そして、きれいな物を見ると意味もなく、どれが一番だろうと考える。子ども時代から、どうでもいいことに心を引かれていたということか。赤ん坊のころから青い色が好きだったのだろう。

ちなみに、私の誕生石はルビーだ。

ヤモリ

都内の公園で、子ども対象の自然教室のボランティアガイドをしている。20代から中断をはさみながら40年くらいになる。

休憩所に併設された小部屋を2つボランティアグループで共用している。

私がボランティアを始めたころの休憩所は柱と屋根があるだけの吹き曝《さら》しだったが、現在は改装されガラス張りで冷暖房完備になり、展示品が並び、自販機が置かれ、暖炉もある。

年6回観察会があり、1週間前に下見がある。下見は10時集合、観察会のテーマに沿って観察場所を歩く。昼食をはさみ、午後はミーティングルームで観察会の行程や役割分担を決める。

昼食後、ミーティングルームに入ると「ヤモリ！」誰かが叫び立ち上がった。まだ子どものヤモリが手足をばたつかせ必死に走って、観察道具の長靴や網やバケツのある方に行って隠れてしまった。手足の動きがとてもかわいい。

「まだ、子どもだね」

家を守るのがヤモリ、井戸を守るのがイモリ。私はヤモリのずんぐりとした体形が親しみがあって好きだ。

千葉県立中央博物館の展示に昭和の家の再現したものがあって、その台所の窓にヤモリが張りついている。作り物だとわかっていても見る度にかわいいと思う。

ミーティングが終わって立ち上がると、また「ヤモリ！」の声。皆いっせいに足元を見てつかまえようとしたが、また素早く物陰に隠れてしまった。

この部屋はボランティアが使うだけで普段人の出入りはない。ヤモリは外に出られるのだろうか。エサはあるのか。私たちが気付かず踏んでしまったら……。心配は尽きない。

翌週の観察会当日は9時集合で休憩所に入るのは私たちが一番乗りだった。ガラスのドアを開けて入ると「ヤモリ！」ドア近くにいたヤモリが慌てて近くの長椅子と展示品の空き間に入ってしまった。またも捕獲失敗だ。今回も子どものヤモリで全身全霊で走る姿はとても愛しい。

午前中観察会をし、昼食後はミーティングルームで反省会をする。お土産や差し入れのお菓子を食べながら和やかに行われる。余ったお菓子は賞味期限の長い物は次回まで取っておくことにした。

ゴキブリが食べないか心配だ。お菓子を食べてゴキブリが大発生し、そのゴキブリをヤモリが食べ巨大化して、ドアの空き間から出入りしていた子どものヤモリが外に出ることができなくなったらどうなるのだろう。

　やがてドアが開いても出入り口から出られなくなり、私たちがミーティングしている間中、メンバーの一員のように聞いていたりボランティアが全員入り切れなくて椅子を外に並べて参加するようになったり。ミーティングが終わる頃にはメンバーの何人かが消えていたり……。なんてね。

冬瓜との戦い

お風呂に入って湯を掛けた時インターホンが鳴った。今日はママ友の家庭菜園の芋掘りの日だった。私は用事があって行かなかったけれど、さつま芋掘りをすると言っていたのを思い出した。

「ごめーん。お風呂に入っちゃった——」

大声で言うと、「置いておく」と返事が来た。風呂から出てドアを開けるとさつま芋が2かご、ピーナッツカボチャが1箱、ナスとピーマンがゴミ袋に大量に入っていた。そして室外機置き場に置かれた巨大冬瓜が10個、これを1人でどうやって運んだの?という程置かれていた。後で聞いたら4往復したという。

夏にもらった冬瓜があと1個という所まで食べたのに。今年はこれで終わりだと思っていたのに。こんなに大きな冬瓜が10個もくるなんて……。泣ける。毎年の冬瓜である。

もう1軒、草避けで作っていると言って大量にくれる人がいて、日持ちするとはいえ冬瓜尽くしの毎日を送っている。毎年冬瓜を食べ続け、最近は料理を作っても減りが少ない気がする。食べ飽きたということか。

スープか餡《あん》掛けにするくらいしかレパートリーがなかったが、何か他の料理法はないかと思い、玉ネギの代用で焼きそば、マーボー冬瓜にしてみた。大根の代わりに鍋やおでん、豚汁、みそ汁を作った。おでんには大根という思い込みがあるので多少違和感があるが、まずまずおいしい。何より大量に消費できる。マーボー冬瓜は結構いける。

ママ友は寒天冬瓜や梅酒の梅と煮たデザートも作ったようだが、私はデザートまでは頑張れない。

冬瓜は日持ちすると言われるが、見た目では判断できない。特に雨の多い年は痛みが激しく見た目は何ともなくても玄関にある冬瓜を持ち上げたら指がブスッと刺さり、「えっ?」と思った時にはゴボッゴボッと液体が流れ出した。部屋中酸っぱいような、すえた匂いが広がる。

また、まな板に載せて包丁を入れた瞬間ダーッと水が流れ出して、予期せぬ大掃除をする羽目になる。水が漏れないようにビニール袋を何重にもしてゴミに出すのだが、ズシリとした重さに死体でも入っているのでは、と怪しまれないか心配する。

それ以来毎日冬瓜をそっと撫《な》でて腐ってないか確認する。匂いのチェック、表面の色の変化、水が漏れ出していないか。調理した皮や種も匂うので、鼻が麻痺してどこから臭っているのかわからない。

早く食べなければ、と死の物狂いで食べても、また知らぬ間に玄関に置かれている。まるで無間地獄だ。

玄関横の室外機置き場に山積みになった冬瓜。マンションの管理人さんが、「これは何ですか、大きいですね」と言って驚いた巨大な冬瓜。去年計った物は5・4kgあった。今年のはもっと大きくて6kgは軽く越えていそうだ。

「良かったら好きなだけ、どうぞ」と言っても小振りな物2個しかもらってくれなかった。おまけにピーナッツカボチャもつけて渡した。ママ友の家庭菜園で取れる野菜で、冬瓜とピーナッツカボチャは毎年押し付け合いになる。私はもう作らなくてもいいのではと思うのだが、毎年種を取っておいて苗を植える。畑で自然発芽したものがあれば律儀に冬瓜やカボチャのコーナーに植え直して育てるのだ。自然発芽したものは、大概冬瓜かピーナッツカボチャだ。ほくほくしたカボチャかスイカかメロンだったらいいのに。

ピーナッツカボチャはスープにするとおいしいらしいが、私は裏ごしなどが面倒なので人参の代わりとしてカレー、シチュー、みそ汁などに入れる。

急な物入りで節約生活のギアをもう一段入れ直さなければいけなくなった。まず節約する物といえば食費である。食材はあるにはあるのだが、冬瓜、カボチャ、さつま芋ばかり、たまにはパンチのある物を食べたい。

20代のころ、府中市郷土の森博物館での宿泊のイベントに参加していたのだが、流しそうめん、竹でごはんを炊く、野草を食べるなど分担して作った行事に参加した。

私は野草を採集して料理を作る担当になった。「はい」と『食べられる野草』の本を手渡され、多摩川の土手に行けば草があるからと言われた。「ナス畑にスベリヒユが沢山あるから、ナス畑に案内します」と言われついて行った。色つやのいいナスがいっぱいなっていた。丁度食べごろのようだったがナスについては一言も触れず、「これがスベリヒユ、沢山あるから好きなだけ取っていいよ」と言われた。単に雑草駆除をさせたいだけじゃない?と思った。誰かが「ナスはもらえないのね」と言ったが、私も同感だ。野草以外は少しでも駄目ということらしい。

その後、多摩川の土手に行き本を見ながら野草を摘んだ。似たような植物があるので、絶対間違いないと思える物だけ採るようにした。全然違うものを「これでしょ」と言う人がいて恐ろしい。

スベリヒユはおひたしにして酢物にしたり、カラシで和えたりして、結構おいしかった。

クズの葉の若い所や花は天ぷらにするとおいしかった。いろいろな物を天ぷらにしたが何を天ぷらにしたか、味はどうだったか覚えていない。

節約生活には買い物に行かないというのもいいらしい。2週間家にある物で賄うというものだが、私は足りない物があるとすぐ買い物に行ってしまうので2週間ある物で、というのはできそうにない。せいぜい次の特売日まで、あるいは次の○%引きまで、または次のポイント○倍デーまで引き伸ばすくらいだ。

ママ友の家庭菜園にもスベリヒユ、ヨモギ、ナズナ、タンポポなどがある。野草を食べてしのぐ？

スープ、おでん、マーボー冬瓜と冬瓜尽くしの毎日。たまには、休肝日ならぬ、休冬瓜日がほしい。

頑張ってラスト1個になった。これは夏にもらってあと1個と思った冬瓜だ。何を作ろう。でも、まだ残っていたから、と言って持ってきた年もあったので油断はできない。

鋸山登山に誘われて

4月に鋸山に登ろうと誘われた。二つ返事で行くことにした。千葉県の山は低山ばかり、鋸山くらい楽勝だろうと軽く考えていたが、昨年5月埼玉県の武甲山に登った時のことを思い出した。予想以上の直登直下降で、激しい筋肉痛と膝痛で3日間は必要最低限のことをしただけで家にこもった。キャンセルした用事もあった。一緒に登った人たちに慣れれば大丈夫と言われたが、もう少し低山を気楽に歩こうと決めた。武甲山ではフタバアオイの群生を見られたので、低山で足慣らしをして機会があれば武甲山にもまた登りたいと思った。

4日目は観察会の下見が予定されていて、どうしても出掛けなければいけない。筋肉痛は大分良くなった。膝痛も良くなって歩けるには歩けるが、急に膝がカクンと力が抜けるような時がある。歩いていて膝がカクンとなって転んだら恐いな。サポーターをした方がいいかな。探してみたが見つからない。買いに行くのもなぁ。結局サポーター無しで出掛けた。慎重にソロリソロリと歩く。いつもはエスカレーターか階段だが今日はエレベーターを利用した。

　JR外房線鎌取駅で2人と合流し歩き始めた。歩き出してすぐ武甲山に登って筋肉痛と膝痛だと言った。大分良くなったが急に膝がカクンとなるのが恐い。サポーターをして来ようと思ったが見つからなくてして来なかったと言うと、2人は即座に「しなくていい」と言った。Yさんは以前膝痛でサポーターをして病院に行ったら「何だこれは」と医師にサポーターを外された。筋力を付けて筋肉でサポートするしかないと2人は口を揃える。

「そうだよね。サポーターは血行が悪くなるから逆効果だって聞いたことがあるから悩んだんだよね」

　泉谷公園、有吉公園を経て大百池《おおど》公園へ、古墳に出る階段に足を掛けた。痛い方の膝で踏み込むと力が入る時と入らない時がある。痛い方の足で上ろうとしたが力が入らない。踏み込む足を変えようとしたが朝一番に筋肉痛と膝痛だと言ったので、後ろにいたEさんがお尻を押してくれた。いや、足を変えたいんだけど、と思ったがEさんはグイグイ押してくる。「足を変えるからちょっと待って」と言おうとしたが、何とか1段上れた。そのタイミングで足を変えて階段を上ることができた。

　鋸山登山の次の日は、房総のむらへの観察会の予定なので絶対休めない。足慣らしをして、筋肉痛やケガをしないようにしなければ。

　武甲山に誘ってくれた人も、昔山歩きをしていた人も飯綱神社の階段でトレーニングをすると言う。

飯綱神社は新川を望む高台にあり、ちょっと長めの石段がある。境内の大イチョウが見事だが、隣接する公園は桜の名所で近所の仲間を誘って花見がてら飯綱神社に行く。参拝後、隣の飯綱近隣公園で桜を見ながらコーヒータイム。萱田地区公園の池で野鳥観察をしたり水仙を見たりしながら小休止。東葉高速線の高架下沿いを歩いて帰るのだが、萱田地区公園と高架下の道の間に坂がある。階段、緩い坂と勾配のきつい坂がある。私たちは一番きつい坂を上る。坂の下に立って上を見ると空しか見えない。坂の下には車止めがある。車では上れないようだ。私たちはこの坂を頑張り坂と呼んでいる。

「この坂が上れなくなったら終わりだね。健康のバロメーターだね。いつまでも頑張って上れるように鍛えないとね」

私はこの坂が好きだ。この坂を見上げ気合いを入れて上る。下るのは転がりそうで恐くてできない。

筋肉痛はよくなっても膝に力が入らないのは何日か続いた。外出先で和式トイレに入り立ち上がろうとしたが、膝に力が入らなくて踏ん張ってもどうにも立ち上がれない。壁に手をついて力を込めて踏ん張るが全く立てない。手摺でもあれば、と思うが手摺はなく支えになりそうな物も見当たらなかった。

評論家の樋口恵子さんが外出先でやはり和式トイレしかなく用を済ませて立ち上がろうとした時に立ち上がれなくて難儀したと言っていたのを思い出した。せめて手摺があれば、と言っていたのを実感した。私もはいつくばって立たなければいけないかと覚悟したが、壁に手をつき力を込めてなんとか立ち上がれて、ほっとした。

筋肉痛やケガの予防のことを考えれば今からトレーニングをしておいた方がいいと考えた。

近くの公園での朝のラジオ体操に行き、飯綱神社まで行くのは遠いのでマンションの階段を上り下りして鍛えようと思った。

ラジオ体操に行った後、階段を上り下りしながら、管理人さんに「こういう訳で階段の上り下りをします。あの人何しているのだろうと住人の方に聞かれたら自主トレだと言ってください」と頼んだ。

「鋸山は私も昔登ったけど、大して高くないから大丈夫でしょう」と管理人さんは言った。鋸山ロープウェイには乗らず歩いて登るし、登ってからも地獄のぞきや日本一の大仏とか見所は多そうだ。鍛えておくのに越したことはない。

管理人さんに大見栄を切った割に翌日、翌々日と寒く家から出られなかった。今日は長く歩くから、自転車で遠出するからとラジオ体操と階段の上り下りは1日しかしていない。

若いころ青梅の御岳山で観察会のボランティアをしていて毎月のように出掛けた。出産前はムササビ調査や『青梅・御岳見て歩き　自然散策コースガイド13選』という本をみたけの自然を知る会のメンバーで分担して原稿を書くため重点的に歩いていたので、出産後秋になると無性に山歩きがしたくなった。

千葉県の山と言えば鋸山しか思い浮かばなかった。地図で見ると八千代からは遠い。東京都を突っ切るようだが通い慣れた御岳山に行った方が近いか。

「あれを持って、これを持って、バスに乗って、電車に乗って、あそこで乗り換えて、ここで乗り換えて、その度階段を上り下りして、子どもを抱えて……」

うーん、考えただけで疲れてしまう。

取り敢えず、近所の公園、街路樹、住宅の庭の大木など木が見える所を探して歩いた。近くに自衛隊の演習場があって森が広がる。手付かずの森、という感じでこの森の中を歩きたいなと涙を流さんばかりにフェンス沿いをベビーカーを押しながら歩いた。

時々、背中にススキや小枝をつけ、顔に泥をぬった隊員を乗せたトラックが通って行く。中には大きな枝を背負っている隊員もいて驚いた。何人か手を振ってくれて、いやされた。

団地と小学校の間の小道を歩いていると森が見えた。高津小鳥の森。住宅街に残された小さな森だが、樹木がうっそうと茂り暗くて森に入るのに勇気がいったが、中に入って歩いてみればそれほど、暗さは感じなかった。

毎年間伐されて現在は大分明るくなった。春にはキンランやスミレが咲き、誰かが植えているようでタツナミソウやホタルカズラなどが咲いていてびっくりした。秋にはヒガンバナが咲いて散策する人も多い。

森の中に小さな池がある。コンクリートで作られた人工の池だ。それでもカエルの卵やオタマジャクシが見られる。小鳥の森を通りかかったついでに池を見ようと森に入った。池にはひも状の卵があった。もうすぐオタマジャクシになって出てきそうだった。小学校高学年くらいの男の子が「あそこにカエルがいます」と教えてくれた。言われた所の石の空き間をのぞくとカエルがいた。

「アズマヒキガエル、あの卵と同じです」

と教えてくれた。

「いつもオタマジャクシが急にいなくなっちゃうけど、あれはカエルになって池から出て行ったたってこと？　何かに食べられちゃったの？」

「カエルになって森に入ります。この森の中にいるけど、夜行性だからカエルの姿は見られないです」

「鳥にも詳しい？」

「カエルだけです」

以前猛禽類の鳥がいたので聞いてみたが、鳥はわからないという。残念だ。タマムシの死骸を拾ったこともある。小さな森だが素晴らしい森である。

新しくエッセイの会に入ったIさんが、小鳥の森について書いてきた。池の周りにある椿を見に行ったら切られていたと怒っている。池の周りを囲むように椿か山茶花が何本かあったのを思い出した。

Iさんをエッセイの会に誘ったのは私だ。

「できるかなぁ」「恥ずかしい」というのを「大丈夫、大丈夫、書ける、書ける」と励まして何とか来てもらった。ところが初回、男性陣が揃って難しい内容の文章を書いて来て「難しい、難しい」というのを、「大丈夫、大丈夫」と何とかなだめ2回目も参加してもらった。

Hさんは難しい文章と柔しい文章を交互に書いているそうで前回は難しい回だったとのこと、今回は柔しい文章を書いてきたという。私は回によって書き分けをしているのかと驚いた。私はいつも柔しい文章だ。柔しいというより軽い文章かもしれない。そんな回りの気遣いもあって、Iさんはエッセイの会に馴染みつつある。

Iさんは四国八十八ケ所巡りを1人でほぼ歩き遍路をしている女性だ。1日20㎞歩くと決めて20㎞を超えそうな時はバスを利用する。遍路宿は素泊まりなので予約しておいて行けなくてもキャンセル料は取られない。ただ近くにコンビニなどがなければ、さらに歩いてコンビニに行かなければならない。

2回目のエッセイの会は四国遍路から帰ったばかりで休もうと思ったが何とか書いてきたという。

11月になったら急に歩く人がいなくなり山道を歩いても1人、バスに乗っても1人、宿に泊まっても1人だったそうだ。道後温泉に泊まった時、宿に1人だったせいもあり宿の主人の長話に付き合わされて湯冷めしそうだったという。

私も四国に行きたいと思っているのでIさんの四国遍路には興味を持っている。ローカル線が廃線になる前に乗っておきたいと思う。四国の鉄道の赤字率が一番高いそうで廃線になる可能性が高い。なるべく早く行かないとと思っている。まず周遊券で四国一周して気に入った所をじっくり見たい。香川のうどんや松山城、道後温泉、四国八十八ケ所も興味はあるけれど駅から近い所だけ参拝しようと思っている。歩くのは嫌いではないけれど、連日20㎞も歩くのはきつい。

道後温泉は有名なので宿泊代が高そうだ。道後温泉本館近くの安宿に泊まって日帰り入浴ができたらいいと思っていた。今回道後温泉本館のことを書いてきたので聞いてみた。日帰り入浴OKだが、現在保存修理工事中で入場制限をしていて整理券がないと入れないという。Iさんの文章や説明によく出てくる整理券とはそういうことかと納得した。Iさんの宿泊した遍路宿は温泉ではないそうだ。遍路客でなくても宿泊できるそうでそこに泊まって道後温泉本館の日帰り入浴をしたいと思う。Iさんはどこでも1人遍路に懲りたのか、暖かくなるまで遍路旅を休むという。また見所を紹介してほしい。

鋸山の下山はロープウェイに乗るそうだ。1月に葛西臨海公園に行って、観覧車に乗った。26人中2人は乗らなかった。後で80歳過ぎて初めて乗ったという人が何人かいて驚いた。私も高い所はあまり好きではない。観覧車も上って行く時が恐い。8割方上るまでが恐い。8割を過ぎて頂上や下る時は不思議なことに全く恐怖を感じない。今回観覧車のゴンドラに一緒に乗ったのは3人。1人は男性で乗ってからずっとメールを打っていた。もう1人は、巨木好きで何にでも興味を持つKさんだった。

葛西臨海公園の観覧車は高台にあるので余計見晴らしがいい。

Kさんはゴンドラに乗るとすぐ、いや乗る前からテンションが高めだった。動き出しても海が見える。あれスカイツリー？　東京ゲートブリッジ？　海ほたる？　ディズニーランド？　すごく見晴らしがいいと興奮気味。「立っていいかな？　東京タワーは？」と立ち上がって右に左に。「立たないで！」と言いたかったがKさんにつられ、あちこち眺めたり、富士山が見えないか探したりしているうちに恐怖のエリアは過ぎた。

富士山が見たいから葛西臨海公園で観覧車に乗ろうという人の提案で来たのだが、富士山の裾野にある山並みは見えたが肝心の富士山は雲の中で見えなかった。私も晴れだから期待していただけに残念だ。秋にレインボーブリッジを歩いて渡った時も快晴なのに霞んで見えなかったなと思い出した。

80歳過ぎて観覧車初体験という中の1人が4月の鋸山登山に行く。高所恐怖症のようだ。鋸山ロープウェイは大丈夫だろうか。

千葉の山にクマはいないので安心だが、ヤマビルが勢力拡大中だ。鋸山にはまだいないと思うが、小湊鉄道沿線を歩く時は、ズボンの裾をくつ下に入れたり、タオルを首に巻いたりヤマビル対策をする。私は防虫スプレーの薬品は好きではないので傷スプレーを靴にかける。ベンザルコニウム塩化物・塩酸リドカインなど塩分が入っているのでヤマビル対策にいいそうだ。ヤマビルがいそうな所を歩く度かなりの量ふりかけているので、私の登山靴は塩味が利いていると思う。

正岡子規と大和田宿

公民館の行事で、正岡子規が歩いた足跡を辿る3回シリーズがあり受講した。

正岡子規が八千代市大和田宿に宿泊し句を詠んでいるそうだ。夏目漱石が房総旅行し、『木屑録《ぼくせつろく》』に記したのに刺激を受け明治24年3月25日から8泊9日の房総旅行をし、紀行文『かくれみの』を編《あん》している。

その1泊目が大和田で、2日目は成田山を経て馬渡《まわたし》に泊まる。佐倉と四街道の中間に「馬渡」というバス停があるので、その辺りか。JR総武本線物井駅から線路沿いに田んぼ道を歩いて「たろやまの郷」というボランティアグループが管理している森に出る。並行する線路をスカイライナーが引っ切り無しに通過し、最初は物珍しくあったがだんだんうっとうしくなって、最後は、「またスカイライナー、イライラする」になる。でも、電車から見える大看板（電車の車窓からいつかあそこを歩いてみたいと思っていた）や休耕田の一面のカナムグラの上をキタテハが乱舞し、イシミカワの実やサクラタデの花に見とれ、最後は線路のトンネルを「頭の上をスカイライナーが通る」と言いながらくぐる。本当は「たろやまの郷」で昼食をとりたいのだが、いつも辿り着けず車が来ないことをいいことに農道に座って弁当を広げる。「たろやまの郷」を散策して「馬渡」のバス停からバスに乗り帰路に就く。

子規はこの1日で11里（44km）歩き足にまめができる。1日で44kmとはすごい距離だと思うが、江戸時代の伊勢参りは1日平均40kmというから明治時代でも普通だったのかもしれない。成田山でうなぎを食べたか記していないが翌日千葉の写真館で写真を撮り、近くの店でうなぎとシャモを食べたそうだ。大多喜、小湊、野島崎、鋸山などを巡り、保田から汽船で東京に帰る。子規はこの時すでに結核を発病していたが、ほとんど歩きの一人旅である。

正岡子規と言えば夏目漱石、夏目漱石と言えば正岡子規が出てくる。正岡子規は友であるが漱石をライバル視していた？　対抗意識があったのでは？　と思える。「柿食へば鐘が鳴るなり法隆寺」子規の有名な句だが、「鐘つけば銀杏ちるなり建長寺」という漱石の句を参考にしたのでは、とも言われている。子規は漱石の句の師匠なので、今風に言えば、夏井いつきさんのように添削したということか。

夏目漱石が『木屑録』なら、子規は『かくれみの』だ。

大和田宿は成田山への参拝の街道筋で、江戸を出立し大和田で1泊・成田山に参拝し、うなぎを食べ宿泊、帰路大和田に宿泊し、江戸に帰るコースが一般的だったらしい。

講座の1回目の大和田は雨模様（降らなかった）で座学に。

2回目は臼井を歩いた。『かくれみの』には、臼井、佐倉についての記述はない。だが、酒々井や成田に行っているので成田街道を歩いたと思われる、との推測で2回目は臼井。集合場所の京成臼井駅に現れた講師はピンクのトレーナーを着ていた。

「先生、今日は若い格好してますね」

公民館の人が言うと
「いやぁ、昨日家の中で転んで足の親指の生爪をはがしちゃったんですよ。病院に行ったら、わっかい医者が加齢ですね、って言うから頭にきちゃって。失礼しちゃうね、加齢だなんて」

先生は怒り心頭のようだが、聞いている方はみんな今日歩けるのか心配し講師の足元を見た。加齢と言われ、若作りしてピンクのトレーナーを着てきたそうだ。

3月まで中学の教師をしていて週5日勤務だったが、4月からは私立高校で週2回勤務になったそうで、行動量が少なくなったことによる筋力の低下、すなわち加齢による転倒という医師の見立てに間違いないと思われる。

臼井の寺や臼井城などを巡った。星神社という、こぢんまりとしているが雰囲気のいい神社があった。拝殿、神楽殿、子安神社などがあり、私は入り口のイチョウの木とその根元に置かれた「星神社」という神額が一番気に入って、人が入らない写真を撮りたいと皆が移動し始めてから写真を撮った。撮り終えた時、5、6人の後ろ姿が見えたので安堵し早足で後を追った。緩いカーブを曲がった時、前の人影が消えていた。急いで人がいた辺りに行ってみたが、脇道が左右に何本かありどの道に入ったかわからない。前から来た人に「20人くらいの集団と擦れ違わなかったか」と聞いたが会わなかったという。今日のレジメを何度見ても連絡先は書いていなかった。リュックから市の広報誌を取り出して公民館に電話するが、何度電話しても話し中。今日の行事で皆出払っているということか。

やっと繋がったが、「今どこにいるの？」と聞かれても住宅街で目印になるものなど何もない。講座に同行している人に連絡してもらい電話が来た。

「今どの辺りにいるの？　目印になるものは？」と聞かれても何もない。

「星神社から真っ直ぐ来た所にいる」

「取り敢えず、そこにいて」

ここで待ってて大丈夫なのかなーと思いながら待っていると、ピンクの服を着た人を先頭に20人くらいの集団が降って沸いたように忽然と現れた。嬉しくなって大きく手を振ったが、「ナニ？」という雰囲気だった。公民館の人がやっと手を振り返してくれ無事合流できた。以後要注意人物としてチェックが厳しくなったような気がする。

講師は足のケガを感じさせない足取りだったが、時々「この階段を上るといい公園があるんだけど、どうします？　行ってみます？　でも階段だから……。どうします？　行きたいですか？」と聞く。私は折角来たのだから行ってみたいと思った。でも出発前の「生爪はがしちゃって」という言葉を思い出し、また先程迷子になった負い目もあり、「行きたい」とは言えなかった。他の人も「行かなくていい」とも「行きたい」とも言わなかった。「階段だからねえ」という講師の言葉で通り過ぎて行った。

私が迷子になっていた時、雷電の墓に行っていたらしい。私は墓には興味がないし、あまり好きじゃないのでいいとしても、臼井城址公園は桜の名所らしいので桜の時期に、星神社はイチョウの黄葉のころに再訪したいと思う。それと今回行かなかった公園・広場にも行ってみたい。

子規の足跡を辿っての3回目は佐倉城址公園。『かくれみの』の時の句ではないが、「常磐木や冬されまさる城の跡」の句碑がある。

解説版によれば「1894（明治27）年12月、本所駅（現錦糸町駅）―佐倉駅間に開通した総武鉄道に初乗りして佐倉の地を訪れています」とある。この文の初乗りの文字に、「乗り鉄か――」と思った。

この時詠んだ句碑がJR佐倉駅前とJR四街道駅にもある。講師は佐倉駅の句碑を案内してもいいけれど、薬研坂ってすごい坂があるんですよ。行きはいいんだけど帰りはこの急坂を上らないといけないから。薬研坂というくらいで急坂なのでどうします？　行きたいですか、と地図を見せながら聞いてくる。結局ＪＲ佐倉駅前の句碑へは行かなかった。

甚大寺の佐倉藩主、堀田家の墓（堀田正俊、政睦、正倫）に参拝した。戻ろうとした時木の根本に「ナギ」の看板があるのに気付いた。

ナギは普通の葉と違って葉脈が平行にあり笹のようでもあり、厚みや手触りがイチョウのようでもある。葉脈を横にしてちぎってもちぎれない不思議な葉だ。財布に葉を入れておくとお金と縁が切れない、お金がたまるとか、私は近くにいる人に説明し葉を拾った。

私がナギの葉を知ったのは外房線土気駅近くの土気酒井家の墓に行った時だったと思う。以来ナギを見掛けると葉を拾い財布に入れる。財布に入れっ放しにしておいても枯れても葉が崩れることはない。

熊本の水前寺公園にはナギの木が多く植えられ、案内板には源頼朝と北条政子が密かに会っていた場所にナギの木があって、葉が縦には簡単に裂けるが横にはなかなかちぎれない。源頼朝と北条政子が葉を1枚ずつ持ってお守りにした縁結びの木とも、財布に入れておくとお金と縁が切れない、ということが書かれていたが、何故ここ熊本に源頼朝と北条政子なのかはわからなかった。

京成佐倉駅で解散した後、私はもう一度城址公園に戻り、さらにＪＲ佐倉駅前の公園に向かった。田んぼ道を通り正岡子規の句碑があると思われる公園に着いた。公園内を見回しても何回か回っても句碑は見つからない。あきらめて帰ろうと公園を出ると句碑があった。こんな所に？　でも見つけることができ満足だった。「霜枯の佐倉見上ぐる野道かな」

ＪＲ四街道駅北口の句碑は、「棒杭や四ッ街道の冬木立」駅前のイチョウの木の下にある。

八福神めぐり

２０２４年１月７日、八千代八福神巡りのバスツアーに参加した。七福神巡りが主流だが、八千代市の八にちなんで八福神巡りである。『七福よりさらなる福あり八千代八福神めぐり』「一般社団法人八千代市観光協会　協力八千代市郷土歴史研究会」の冊誌をもとに回った。

一般的な七福神は、恵比須、大黒天、毘沙門天、弁財天、布袋尊、福禄寿、寿老人で弁財天の紅一点であるが、八千代八福神は吉祥天を加え紅二点になる。八千代市は女性の登用率が高いといえるかもしれない。見回すと元気な女性の姿が多い。

八千代八福神は八千代市内に点在しているので１日で歩いて回るのは難しい。交通の便もあまりよくないので、バスツアーが最適だ。八千代市郷土歴史研究会のメンバーの解説付きだ。

萱田山長福《かやたさんちょうふく》寺の寿老人、星埜山東栄《ほしのさんとうえい》寺の福禄寿は寿命を司る神だ。

恒星でシリウスに次ぐ二番目の明るさのカノープスは、南極老人星、寿星と言われ、冬に南の地平線ギリギリに見える星で見られたら長寿を全うできるとか。

この話を聞いて、時々地平線ギリギリに明るく見える星があり、何という星だろうと思う時がある。飛行機かなとも思うが動かないのでやはり星なのだろう。

大きく輝く星を見ると八千代少年自然の家のプラネタリウムを思い出す。出だしは、八千代市の今晩の星空だったと思う。その中の主だった星の解説をしてくれる。少年自然の家のプラネタリウムの解説を聞いたら、あの星が何かわかるだろうが、残念ながら現在は老朽化で閉館中だ。

南の方に行けば、千葉よりも見やすいだろうか。九州や沖縄に行く機会があれば見てみたい。

愛宕山《あたごさん》貞福寺《じょうふく》は、恵比須を祭るが、本堂の右手側に恵比須をはじめ八福神すべての石像が安置され、この寺を参拝すれば八福神巡りが完結する。四国八十八ケ所霊場巡りの石塔群が置かれ、四国八十八ケ所霊場巡りもここ一寺で完結する。

また貞福寺は吉橋城跡でもあり、吉橋城主高木伊勢守胤貞が天文５（１５３６）年上杉氏に滅ぼされた落城後家臣たちが土着し、城主供養のため主君の守本尊の「血流地蔵尊」を安置し開山されたという。

血流地蔵尊の近くに六地蔵などいろいろな石仏があり、じっくり見ればいろいろなご利益がありそうだ。

私たちが寺の解説を聞いていると、数十羽のカラスが集まって上空を飛んだり、杉の木に留まったりして、皆上空を見上げ講師の方には申し訳なかったが解説どころではなかった。

小春日和

晩秋、ウォーキングの仲間と市原市の文化の森へ行った。小湊鉄道の海士有木《あまありき》駅で地元の人と合流し山倉ダムに向かった。

ダムに水鳥が沢山いたがダム湖で水面が低く小さくしか見えない。カワセミがダムの壁面にいて見やすく、私たちを先導するように移動していく。

春に来た時は山倉ダムの土手にヤセウツボやコケリンドウが咲いていた。

文化の森へは観察会で何度か来ている。

10時くらいに雨が止む予報で海士有木駅から歩き出すころには雨は上がっているだろうと思っていたが、全く止む気配はなくむしろ強くなり風も出てきた。

昼食をどうしよう。文化の森は広場しかなく雨の中傘を差して食べるようになってしまう。

クリーンセンターか、その廃熱を利用した「憩いの家　福の湯」を使わせてもらおうとまずクリーンセンターに交渉した。食後、クリーンセンターの見学をする条件で利用させてもらった。

クリーンセンターに着いた時には机と椅子が並べられ、「トイレはここです」と準備がいい。食後、ゴミの説明を受けセンター内の見学もした。最後に焼却炉の前に連れていかれた。クレーンがゴミを持ち上げては落としている。ゴウゴウと燃えるゴミ。

「あったかーい」

湿った服がパリパリに乾き冷えた体が暖まった。窓から差し込む日差しに歓声が上がる。昼食とクリーンセンター見学中に雨は止み快晴になっていた。クリーンセンターの人たちに見送られて、ウォーキングの午後の部の開始だ。

リベンジを期する次の観察会は、午後から雷雨の予報なので、「急いで」が合言葉だった。それでも花を見つけたりすれば足が止まる。卵から出てきたばかりの小さなカマキリは、ずっと見ていたかった。

昼食をとり午後の観察は止め駅に戻ることになった。それぞれ折り畳み傘を手に持ち歩き始めた時、タクシーの運転手さんが、「今渋谷で雷雨だから、あと30分でこっちに来るよ」と教えてくれた。

30分で駅まで行けるか。私はリュックからカッパを出して着る。いつ降られてもいいように準備した。他の人も身仕度をした。

「30分、30分」と呪文のように言いながら歩いた。

森を抜けるか抜けないかのころ雨が降り出した。田んぼの畔道に出るころには土砂降りの雨と稲光にキャーキャー悲鳴を上げながら、「もう少し」と励まされ駅に急いだ。駅に着くころには雨が止んで電車を待っている間に晴れ間がのぞいた。本当に一瞬の雷雨であったが、2、30人の集団が雨宿りする場所もなかったので仕方ないか。

田んぼ道に出て雷の中こんな道歩いたなぁと思っていたら、正面の空に杯を伏せたような形の黒い影がうっすらと見える。

「もしかして、あの影は富士山？」

「大きい。市川よりずっと大きく見える」

「ああ、そうそう、今朝電車の中からも見えなかった？　あの辺り見えるんだよね」

「朝は霞んでいたから見えなかったと思う。先頭に乗ったから、前ばかり見ていたし、キジが線路にいて飛び立ったんだよね」

「ああ、言ってたのはそのことだったのね。よく聞こえなかった。キジがいたんだ」

ちょっと曲がったせいか住宅が近くなったせいか、富士山は見えなくなった。

田んぼの畔にキジが2羽、見え隠れする。結構近い。

「キジが見えて良かったね」

図書館に行くからと五井駅まで車で送ってもらった。

ごえん

まだ日にちに余裕はあったが忘れないうちに自動振替の口座に入金しておこうとATMでお金を下ろした。5万円引き出すつもりだったが、いつもと雰囲気が違う。硬貨の口が開いて札の方は閉じたままだ。

先程、コロンとかカランという音がしたような。

まさか。「硬貨」「110円」の文字も表示された気が……。5万円下ろすつもりが5円を引き出し、手数料として110円も引き落とされたということか。

通帳を確認すると、5円の引き出しと110円の手数料が印字されていた。何てバカなことを。5円玉を渋々取り出し、再び5万円を引き出した。

5円の払い戻しに110円も……。頭の中で「コロン」「カラン」という音が鳴り響く。5円玉を握り締め、「何と間抜けな」「バカじゃない」「アホだなぁ」と泣きたかった。握り締めた5円玉を溝にでも落としたら、ただ110円を無駄に使ったことになると思い財布にしまった。ただ1つ希望があるとすれば、その金額5円、「ご縁」があるという。何かいいことがあるかもしれない。

数日後、生協の注文品を取りに行った。お正月に冷凍食品を注文し過ぎて冷凍庫がパンパンになっているので今回は冷凍品は注文しなかったはずなのに冷凍品が出てきた。

また間違えて注文しちゃったかと思ったが、クリスマスだかお正月だかに1つでも注文すれば抽選に自動エントリーする企画があって、それに当選したそうだ。

「北海道産国産牛肩ロースすきやき用250g」

やはり、「ごえん」はあったのかもしれない。少し気分が明るくなった。

変わり朝顔

Iさんの遍路旅に刺激を受けて、佐倉の国立歴史民族博物館、通称歴博の四国遍路・文化遺産へのみちゆき特集展示に行った。開館までにあと20分あったので、姥が池と隣の梅園を見に行った。梅園は工事中で手前までしか行けなかった。満開の梅を遠見した。

去年か一昨年の台風の影響かあちこち工事中になっている。歴博の建物の裏側の林にサギのコロニーがあったけれど随分木が切られて明るくなっていた。コロニーの真下には臼杵磨崖仏があって頭の上にフンがかからないか心配していたが、磨崖仏に罰当たりだから木を伐採したのではなく、やはり山が崩れたのだろう。残った木に巣があるが、また営巣するだろうか。

臼杵磨崖仏は、大分県臼杵《うすき》市の「古園石仏大日如来像」を実物大で再現された物らしい。歴博の展示品の1つのようだ。

四国遍路・文化遺産へのみちゆき特集展示は、常設展示の方へ案内されたが、第1展示室、第2展示室、第3展示室と順に見て行ったがなかなか現れない。

第4展示室の中にやっと四国遍路のコーナーがあった。足も頭も大分疲れていたので椅子に座って弘法大師空海の生涯のビデオを見ていたら時々意識が遠のく。椅子に背もたれがなく倒れそうだった。背もたれのある椅子に座って少し仮眠を取りたかった。

歴博を出て帯曲輪や堀を歩き、正岡子規の句碑を見て、くらしの植物苑で昼食のおにぎりを食べた。

くらしの植物苑では季節によってその時期の花の展示がある。現在はさざんか。夏は変わり朝顔だ。コロナ前、次女が大学生だったころ朝顔だからしおれる前の朝一番で見に行こうと張り切って出掛けた。お盆の時期は開館が1時間早まる。その日にちが何日からかわからない。ちょっと調べればいいものを、起きてすぐ出掛け朝食は現地でパンかおにぎりを食べたり、くらしの植物苑の向かいの100名城スタンプがある佐倉城址公園センターの前の花壇を見たりして時間を潰そうと出掛けた。開館時間は通常より1時間早い時間だったが、それでも1時間以上早かった。もう数人が門の前に並んでいた。

「あの人たちは何で並んでいるんだろう」

私たちは朝食を取ったり、花壇の花を見たりしながら時間を潰しまだ早いが並んで開館を待った。

受付が始まると皆東屋の方に足早に向かう。私たちも釣られて東屋に向かった。皆朝顔の鉢を買っていた。この時期余剰苗の販売が数量限定であるのを思い出した。それで並んでいたのかと納得した。私たちは何故並んでいるのか不思議だったが、並んでいる人たちからすれば、あの母娘は何故並ばないいんだろうと思っていただろう。

私たちも買おうと思えば買えるタイミングだった。だがここで見れば十分、鉢を買ってまでという思いとその年の流行りの色が茶色だったそうで茶色の花ばかりだった。私は青や赤紫の朝顔が好きなのでその色だったら買ったかもしれない。

朝顔の鉢の他にもいろいろなグッズが並んでいた。朝顔の種もあったが、朝顔の鉢を買った人へのプレゼントで売り物ではないと言う。

「終わったーー。やる気失くしたーー」

という女性の声が響いた。

両親と中学生から幼稚園児か小学低学年と思われる子ども3人の5人家族がいて、その母親が「終わったーー。やる気失くしたーー」を連発している。朝顔を買いに来たらしいが1時間早く門が開くことを知らなかったらしい。丁度鉢が売り切れたタイミングで来たようだ。

父親と3人の子は母親のあまりの落胆振りに戸惑いながら立ち尽くしている。

朝顔を買い求める人たちより私たち母娘は若い。それよりもずっと若い家族連れ。

私たちでさえ、ちょっと浮いた存在なのに、その思い入れの強さは何？　朝顔が好き？　お盆なので実家の親への帰省のお土産？　はたまた夏休みの宿題の自由研究をするつもりだった？

私たちはその後しばらく何かあると「終わったー。やる気失くしたー」が口癖だった。

くらしの植物苑では、朝顔の他にもヘチマ、ユウガオ、ナタマメ、ヘビウリなどの鉢植えも展示されていてアマガエルやカマキリがいたりする。朝一番の生きのいい朝顔が見たいと張り切って来たわりには、朝顔よりカマキリやアマガエル探しに夢中だった。

石川啄木の呪い

２０２３年11月25日小石川植物園に行った帰り、丸の内線茗荷谷駅に向かって播磨《はりま》坂を上っていた。看板の前で地図を見ると「石川啄木終焉の地」とある。次の路地に入って左折すればあるらしい。茗荷谷駅へ大通りではなく裏通りを行く感じで遠回りでもない。行ってみよう。

右折、左折すると建物の前に石碑があり、原稿用紙に書かれた文があった。

「呼吸すれば、胸の中にて鳴《な》る音あり。
凩《こがらし》よりもさびしきその音！

眼閉づれど
心にうかぶ何もなし。
さびしくもまた眼をあけるかな」
石川啄木晩年草稿

平成廿七年二月　文京区

ゴミの集積場といった印象もするけれど、思っていたより立派だった。

2月に次女と東北の旅をした。花巻から宿泊地の金田一温泉に向かう途中、盛岡で乗り換えの待ち時間が1時間半ほどあった。岩手県の首都盛岡は駅も街も大きく、どこで時間を潰そうか迷った。観光案内図によると近くに川が流れているようで、川の流れでも見ていようと向かった。

北上川に架かる橋から岩手山がよく見える。北上川と岩手山の撮影ポイントのようで、多くの人がスマホをかざしていた。この橋は開運橋というらしい。土手沿いを歩いてみても雪が積もり、腰掛ける場所もない。

さてどうしたものか。もう少し先まで行ってみることにした。茶色い木製の手作り風の看板があった。

「啄木新婚の家」

少し歩くとまた看板が、さらに看板が……。最初は看板があるぐらいに見ていたが、2つ、3つと続くと時間に限りもあるが見掛けたら見てみようという気になった。

信号機の横に、白地に青い文字で鉄板に「啄木新婚の家」の文字があった。

「今度は茶色じゃない」

「茶色で統一してほしいよね」

路地に入ってみたがそれらしいものは見つからない。神社があったので参拝し、雪の少ない所を選んで神社の後ろ側の道路に出た。少し先で雪かきをしている人がいたので聞いてみようかとも思ったが車道に戻った。少し歩くと見慣れた茶色の看板があり、「啄木新婚の家」のバス停まであった。

こぢんまりとした家があった。元はかやぶきだがトタン屋根にふき替えたようだ。生憎休館日で、へい越しに建物を見るだけだった。

よく考えてみたら、車道の白い標識は車用で少し手前に表示されたものだろう。私たちは1本手前の路地に入ってしまったのだ。雪かきをしている人に聞いたら、すぐ目の前だったのだ。

石川啄木新婚の家も見学したし、あとは駅に戻るだけだ。川に戻り橋を渡れば駅と思って歩き出したが、看板に導かれ思いの外遠くまで歩いていたようだ。なかなか北上川に辿り着けない。電車の時間も迫ってくる。雪道に足を取られないように注意して難儀しながら、やっと川を渡り、地下道に入ったら近いかと思ったら下って行くと上るだけだったり、駅が見えたときはほっとした。

予定外の盛岡観光だった。

開運橋からの北上川と岩手山の眺望は素晴らしかった。開運橋を渡ったことで運気も上昇したことだろう。

導かれるように行った「啄木新婚の家」。盛岡で石川啄木縁のものは、この建物しかないそうだ。だが、解説板によれば、石川啄木はこの家に3週間しか住まなかった。すぐに転居したそうで、それを読むとなんだかなぁ、という気になる。

その後の駅に戻るまでの焦りと疲れと。

石川啄木が悪いわけではない。私たちが勝手に啄木新婚の家に行っただけだ。そうは思うのだが、「石川啄木の呪い」という言葉が「ＩＧＲいわて銀河鉄道」というおしゃれな名の電車に乗ってからも、何度打ち消しても頭に浮かんだ。

２０２３年は思い掛けず石川啄木と縁のある年であった。

また金田一温泉に行く予定である。座敷わらしの宿・緑風荘。子ども嫌いの母娘の前に何度泊まっても座敷わらしは現れないと思うけれど。

前回、宿泊宿以外は行きたい所へ行っていいと娘に言われ、花巻のマルカン食堂で10段のソフトクリームを食べ中尊寺に行った。東北新幹線で北上、東北本線で花巻、東北本線で盛岡、ＩＧＲいわて銀河鉄道で、金田一温泉で1泊、翌朝二戸から東北新幹線で北上、東北本線で平泉で観光・東北本線で一ノ関、東北新幹線で東京ととても不効率な旅になった。その反省を踏まえ今回は二戸と金田一温泉の観光のみの計画である。

盛岡は、ニューヨーク・タイムズ紙の「２０２３年に行くべき52カ所」の二番目の都市らしい。だが今回は、盛岡には途中下車しない。でも、都内には石川啄木縁の地が沢山あるようなので、また石川啄木縁の地を訪れる機会があるかもしれない。

久留里三万石の城下町

２０２３年11月30日、ＪＲ千葉駅前から高速バス・カピーナ号に乗って久留里に行った。

久留里城三の丸跡のバス停で降車した。久留里神社の前だった。参拝しようかと思ったが帰りでいいかと素通りしてしまった。

久留里城へ向かうトンネルの手前で山の方へ入り、旧登山道を歩いた。木の根が縦横無尽に張って歩きづらいが何とか尾根に出ると平たんな道になって歩きやすかった。展望がよい。

天守へは通行止めで行けなかった。先の台風の影響らしい。資料館横から下る。５月には、ジャケツイバラの黄、ミズキの白、フジの紫が競って咲きされいだという。私は久留里城へは何度か来ているが、その季節には来たことがなく、きれいだったといろいろな人に聞いている。

左手の斜面を見ながら歩いているとアケボノソウが1輪だけ咲き残っていた。「ヤマビル注意」の看板があり、「観察会ではここを登ったのよ。さっき階段があった所に出る」

私たちは里山の花などを見ながら歩いているグループで、今は代替わりをしているが、新旧のメンバーで誘い合ってウォーキングをしている。初参加の人がいてヤマビルを知らないという。ナメクジを乾燥させたような感じで動物の血を吸う。血を吸うだけ吸ってパンパンに脹らみ、ポトリと落ちるらしい。自然落下すれば、痒みが残るくらいで大丈夫だそうだが、何より気持ち悪い。私たちは小湊鉄道沿線をよく歩いていたが、小型のシカ、キョンの勢力拡大に伴いヤマビルの勢力も拡大している。

「今までいなかったのに」

ズボンのすそをくつ下に入れたり対策をとるのだが、足に肩に密かにはい登ってくる。それでもめげずに里山ウォーキングをしているこのグループを私は「ヤマビル友の会」と呼んでいる。

昼食後城下を散策。民家の庭らしいが庭園のように池にコイが泳ぎ紅葉が映える場所を「ここ何？　入っていいの？」と恐る恐る見学させてもらい、田丸家の銘水を飲み、久留里山真勝寺、神社を参拝、時折オオタカと思われる鳥が上空を飛翔している。

掃除の行き届いた神社があった。鳥居にも社殿にも神社名が記されていないが、扉が開け放たれ開放的な雰囲気で居心地のいい神社だった。酒蔵の神社もあるそうなので、それかなと誰かが言った。

正源寺の山門に象の置き物が2体あった。先日Kさんと小石川植物園から千駄木に行った時、寺の塀の上に象が2体狛犬のように置かれているのを見て、「何故象なんだろう」と不思議に思いながら見て来たのを思い出し「ここも象だ。どんな謂れ因縁故事来歴があるのだろう」と話した。

保存樹木指定標識のある大イチョウがあって、巨木好きのKさんが、「大きい」と感激の声を上げ抱きついた。イチョウの木は一度折れてしまったようだが残った根元はとても太かった。そこから伸びた枝が数本出て元の幹と一体化している。本堂の前のサクラの木にとまっていたヒヨドリかキジバトにオオタカ（多分）が襲いかかった。先程から上空を飛んでいたものか。狩りは失敗だった。

ＪＲ久留里駅前に着いた。前々から久留里線に乗りたいと思っていたので帰りはＪＲで帰ろうと思っていたが、皆カピーナ号で帰ると言うので何となくカピーナ号でいいかと流される。

駅前にも銘水の汲み場があり多くの人がペットボトルを並べて順番待ちをしていた。水を飲んだ人が、「さっきの水とは味が全然違う」と感想を言った。私は飲みそびれて1ケ所も飲んでいないが、そんなに離れていないのに味が違うんだと不思議に思った。

誰かがアンケートに答えると何かもらえるらしいと言う。アンケートをしている所に行くとチーバくんがいた。アンケートは学校の給食についてだった。現在は千葉県民だが、元はいろいろで、給食を食べた場所もいろいろである。それでも何人かが答えた。チーバくんのユーチューブのロケだそうだ。アンケートに答えトイレに行ったりお土産店に行ったりして、ふと思った。何かもらえると言っていたけど何ももらっていない。チーバくんもその付き添いの人も撮影隊も機材以外は何も持っていなかったので、何かもらえるというのは聞き違いか、思い込みか、空耳か、幻聴か。

久留里駅と高速バスの乗り場は少し離れているので頃合いをみて移動した。途中に有名な最中屋さんがあるというのでその広木屋に入って久留里もなか三萬石を買い、何人かはコーヒーを飲みたいといい、１人がかき氷が食べたいと言った。少し先にかき氷ののぼりがあった。コーヒーは飲みたくない、という４人がかき氷店に入った。店の半分がかき氷店、半分が雑貨店のようだ。かき氷を注文したのは２人だったが、レトロなかき氷機にＫさんが感激し歓声を上げた。見ると何台ものかき氷機が並んでいた。どれも年代物のようだ。レジスターも年代物でＫさんは「このレジスターも古い」と写真を撮った。ガラスケースの中に大皿や小皿、茶碗などが並んでいた。火鉢や木製の冷蔵庫も何台かあり、階段状のたんすまであってまるで骨董店のようだ。こんなに平然と並べて置いて大丈夫なのかと心配になる。

「階段状のたんす、すごいですね」と言ったら店主は「開けてみましょうか」と言ったが残念ながらバスの時間が近づいていた。

コーヒー組はお茶屋さんに入っていろいろ試飲してお菓子までいただいたそうだ。それなりに買い物をしたそうだが満足そうだった。

名も知らない神社は、酒蔵のものではなく普通の個人の家のものだそうだ。城下町をただ歩いただけではわからないね、入ってみないと、と口々に言った。久留里城3万石の城下町の奥の深さを垣間見たような気がする。

翌朝の連続テレビ小説ブギウギで作曲家の羽鳥さんの家の中に、昨日見た木製の冷蔵庫があった。後日Kさんに「久留里で見た翌日だったから気付いたけれど、違うタイミングなら気付かなかった」と言ったら、「1日3回も見てるのに全く気付かなかった」と言う。

帰りは朝と違うバス停だったから、結局久留里神社には参拝できなかった。思いついた時に行動しなければいけないということか。

日比谷公園散策

２０２３年11月16日、日比谷公園に行った。

知人にガイドウォークがあるけれど行かないかとパンフレットと申込書をもらった。参加費１０００円だが昼食と飲み物が付くので、ただみたいなものだ。

集合場所の日比谷公園の大噴水広場に行くと大勢の人がいて行列ができていた。早めに来て正解だった。

ガイドウォークは３日あって、私は初日の回に申し込んだ。今回の参加者は１５０人、３回で５００人になるそうだ。１５０人もの人数をどうさばくのだろう。

私は佐倉のＤＩＣ川村記念美術館に21人で花見に行った時のことを思い出した。ＤＩＣ川村記念美術館には手入れの行き届いた庭園があり、庭園は無料で散策できる。京成佐倉駅とＪR佐倉駅から無料送迎バスもあり、冷暖房完備の広い休憩所も利用でき、こんなにしてもらっていいの？と思いながらいつも無料で利用させてもらっている。時にはバスだけ利用して周辺の田んぼ道を歩いたりしている。

桜の木も10種２５０本植えられ、桜の時期ならどれかは必ず見頃になっており予定を立てやすい。

美術館の前の池で写真を撮ろうと、場所を決めたり並んだりしていると通りかかったシニア夫婦の男性が「撮りましょう」と声を掛けてくれた。

「ブレていたら、いくらでも撮り直しますよ」と親切だった。

ハス池の土手には枝垂れ桜の並木があり、ここでも写真を撮ることにした。

「写真撮るよ――。集まって――」と振り返るとそんなに足早に歩いたつもりはなかったのだけれど、数人しかいなかった。

「あれ？　これだけしかいない？　もっといたよね。みんなどこへ行っちゃったんだろう」

２人、３人とパラパラと歩いてくる。

「写真撮るよー。急いでー」といくら大声を張り上げても急ぐ気配はない。

撮影者はあちこち移動しながら撮影ポイントを探して池の対岸に決めた。カメラに向かって視線を向けると隣のベンチに座っていたシニア夫婦の男性が、「マスクを外せ」「笑って！　ピース」とジェスチャーで指示を送ってくる。

高齢女性の団体で全体的に動きが緩慢で、イラついていた気持ちが明るくなった。もっと肩の力を抜いてと言われているような気がした。おかげで自然な笑みで写真に納まることができた。高々20人の人間を連れて歩くのにあたふたしていたのに、１５

0人もの人数をどう誘導するのだろう。

日比谷公園は120周年を迎え、都の「公園再生整備計画」によって園内の樹木1000本が伐採の計画ですでに23本が切られてしまったとのこと。神宮外苑の再開発は話題になっているが、日比谷公園も整備していると初めて知った。

午前は解説を聞きながら日比谷公会堂、野外音楽堂、雲形池、松本楼を経て大噴水広場に戻る。

日比谷公会堂は耐震工事のため休止中だが、浅沼稲次郎暗殺事件など歴史的に貴重な場所なので建て替えないで、何とか残してほしいとガイドの人は言った。

野外音楽堂は、キャンディーズが「解散」を発表した所。雲形池のイチョウやカエデの紅葉が見事だった。ツルの噴水の下には本物のアオサギがいて注目を集めた。ツルの噴水は、冬場噴水の水が凍り、天気予報などで報じられ冬の風物詩であるという。

日比谷公園の歴史について、江戸期は萩藩毛利家の上屋敷があった。明治期は陸軍の練兵場があり、日清・日露戦争にまつわる話、関東大震災や東京大空襲の時には避難所になった。

長女が沖縄宮古島に住んでいて、年末年始宮古島に行っていた。久松五勇士の顕彰碑がある。日露戦争の際ロシアのバルチック艦隊を宮古島の漁夫が発見、久松の5人が電信施設のある石垣島へ海路をくり舟で15時間、陸路を5時間かけて走破、電信局から連合艦隊に打電した功績を讃えた顕彰碑であるが、海軍が1時間早く見つけたので公にはあまり知られていない。久松の5人の他にも発見した漁夫なども石垣島に行ったそうで、地元久松の地にひっそりと顕彰碑が建つ。この時のガイドの説明も海軍が発見したという物だったが、バルチック艦隊や日露戦争の説明に興味を持って聞いた。

司馬遼太郎の『坂の上の雲』は、正岡子規と秋山兄弟を主人公にして書かれている。正岡子規の『かくれみの』をたどる講座の中で講師が『坂の上の雲』を推していたので、図書館で何度も借りて読んだが、1巻の1ページまで読んだのが現在の最高記録。時間に余裕ができたら、また借りて8巻読み切りたい。

午後は4つのコースに分かれ、自由行動になった。

①第一生命館　②明治記念館　③出光美術館　④ミッドタウン2Fステップ広場、6Fパークビューガーデン（屋上庭園）

私は出光美術館の「青磁——世界を魅了したやきもの」展に入った。招待券付きだったが個人で入れば1200円だ。展示を見た後皇居を望む休憩所で、煎茶、ほうじ茶、ウーロン茶をいただきながら皇居の紅葉を楽しんだ。

最後、第一生命横に集合。まとめの話として、第二次世界大戦後のGHQの話を聞いて解散となった。

　解説は長かったけれど、興味を引く話題を折り込んで飽きることなく最後まで聞けた。

　移動は少しずつで、１５０人の団体なので遠くからでも見つけやすい。ちょっと遅れても合流できる。そういう点も勉強になった。

無職なのに

年末年始を長女がいる沖縄・宮古島で過ごした。

新宿御苑で子ども対象の観察会をしているのだが、「人があまり歩かない所へ入り込むからゴミがあって、観察会をしながらゴミ拾いをしていた」と台風が何度も宮古島を直撃してすることがないからと帰省していた長女に話したら「冬にビーチクリーンをしよう」とスカウトされた。冬は北風に乗って、ロシア、中国、北朝鮮からのゴミが大量に流れてくるそうだ。実際似たようなラベルでもよく見ると文字が違う。夏には忙しいから手伝いに来てと頼まれても、飛行機が嫌いだからと断っていた。今回はゴミ拾いの言葉につられて飛行機で宮古島に行くことにした。10泊11日の日程だ。「沖縄に行く」と知人に言うとしばし沈黙のあと「無職だよね」と返ってくる。言う人ごとに何度も。無職だから行けるとも言えるのだが。

コロナが落ち着いて丁度航空会社のキャンペーンをしていて飛行機代は安かったようだ。長女の誘いなので飛行機代は長女持ち、長女のアパートに泊まり、食事もほぼ自炊、そしてやることと言えば、ゴミ拾いだ。

沖縄に10泊というと贅沢な旅のように思われるが、そんなに優雅な旅ではなかった。行く前に布団代わりに寝袋を持っていくかと聞いたら、何も持って来なくて大丈夫だと言われた。行ってみるとベッドとヨギボーしかなかった。「ここに寝るの？」と聞くと、「ベッドに2人押し合いながら寝る」のだと言う。

11日間で外食は宮古そば500円とサトウキビジュース300円のみ。ジュースやアイスなどは食べた。宮古そばより高いかもしれない。後は自炊か中食。しかもこのそば代は長女の誕生日だから食事代にと、長女が池間島で最初に親しくなったおじいにもらったお金で食べた。長女が池間漁港で転んで膝をケガした時絆創膏を張ってくれたおじいで、それが縁でいろいろなおじいと友だちになれたそうだ。

車で走っていると「あのおじいは……」「あのおじいは……」と言う。私は、どのおじい？と思う。佐藤さん、鈴木さん、田中さんなどの個人の名は出てこない。全て、おじいとおばあだ。

２０２４年の大河ドラマは「光る君へ」。紫式部が主人公だが、クレジット・タイトルは皆藤原さんで訳がわからない。次女は高校の山川出版社の『日本史図録』を出して、藤原氏の系図を広げたが、線が込み入っているのですぐに止めた。

有料の観光施設は、「まいぱり」という宮古島熱帯果樹園でカートに乗ってのトロピカルガイドツアー１４００円と宮古島市総合博物館３００円に行っただけ。

宮古島市熱帯植物園やうえのドイツ文化村は入場無料であった。

長女のアパート近くに、人頭税石がある。

琉球王府が１６３７年から１９０３年まで島民に課していた税制の名残。15～50歳で、この石（１４３ｃｍ）を越える背丈となった者に課税され、宮古島の悲惨な歴史を伝える１つと言われているが、最近意味が違うのではとの見方もあるそうだ。解説を読みながら、ナチスのユダヤ人迫害を思い出した。ユダヤ人の子どもは身長で進路が分かれる。親と一緒にいたいため背伸びをして収容所送りになった子も多かったと聞く。

宮古島には「うえのドイツ文化村」がある。パンフレットの『博愛物語』によれば、「１８７３年（明治６）７月12日、ドイツの商船Ｒ・Ｊロベルトソン号が航行中台風に遭い、上野宮国沖のリーフに座礁難破した。これを発見した宮古島の住民は、一晩中たいまつの灯で勇気づけ、激浪《げきろう》の海にサバニを漕ぎ出し乗組員を救助。１ヶ月余にわたり手厚く看護して無事に帰国させた。

報告を受けたドイツ皇帝ウィルヘルム一世は、島民の博愛の心を称《たた》えるため軍艦を派遣し、宮古島に、『博愛記念碑』を建立した」

うえのドイツ文化村の見所はいろいろある。ハート岩は写真スポットとして有名で、観光客は皆ハート岩に向かって歩いて行く。ハート岩は、波の侵食で岩にハート型の穴が開き干潮時にはハート型の全景が見えシャッターチャンスである。宮古島のカレンダーには毎日の満潮、干潮時間も記入されている。さすが島のカレンダーと感心した。

私が宮古島に来たのは、ビーチクリーン（海辺の清掃）をするため。干潮時がゴミを拾うのに適している。またゴミを拾う池間島のフナクスビーチは、岩で区切られた小さな砂浜が3つ連なっている。1番奥の砂浜には岩場を越えて行かなければいけない。真中の砂浜には、張り出している岩を回って行かなければいけない。干潮時は簡単に行き来できるが、潮が満ちてくると波をかぶりズボンがぬれたりする。新潟県の親不知子不知を思い出させる。このため、朝起きるとまず干潮時間をチェックしているのでハート岩の見頃の時間も予想がつく。遊歩道などを散策し時間をつぶしてから見に行った。

うえのドイツ文化村で私が一番印象に残っているのは、ベルリンの壁だ。1989年11月9日に、東ドイツの民衆がベルリンの壁を打ち壊し、乗り越えて行く様子を衝撃を受けながらテレビで見た記憶がよみがえった。ベルリンの壁は2枚あった。コンクリート製で1枚が、高さ3・6m、幅1・2m、重さ2・6t、西側の壁面には絵が描かれ、東側は打ち放しだった。他に当事の写真も何枚か展示されていた。

千葉県にも東京ドイツ村がある。私はまだ中に入ったことはないが、鴨川行きの高速バス・カピーナ号が立ち寄るので入り口までは何度か行ったことがある。季節の花々が植えられ、イルミネーションも見事のようだ。

宮古島のうえのドイツ文化村でも夜はイルミネーションが輝くらしい。派手な演出はないが、自然を生かした園内やベルリンの壁など無料で見られる素晴らしい場所だと思った。

熱帯植物園も9の体験工房は有料だが公園内を歩くだけなら無料。珍しい草木があって楽しい。

宮古空港で集めたパンフレットの中に「大野山林森林浴コース」とあったが場所がよくわからなかった。熱帯植物園の回りにある看板に「大野山林森林浴コース」があって、「ここかぁ」と思ったがもう帰る時間だったので今回はあきらめた。歩行距離約5キロ、所要時間約50分とある。5キロを50分で歩けるか？ 1キロ10分で歩けるかーと思ったが、私の場合いろいろ立ち止まるので、とても50分では歩けないだろうなと思う。

大野山林森林浴コースの解説板には、「宮古島で最も広い面積の森林地域。リュウキュウマツ林には、主に植物希少種が生息し、夏季にはアカショウビンやサンコウチョウがヒナを育て、秋季には、サシバやアカハラタカが飛来し、渡りのシーズンはバードウォッチングも楽しめます」とある。

熱帯植物園の展望台から広大な松林が見えたので、あの辺りかなと思った。伊良部島はサシバの渡りの中継地として知られるが、宮古島付近で渡りを止める鳥も多いという。サシバ？と思う鳥も見た。渡りのシーズンはもっと沢山見られるのだろうな。

宮古島は他の島と繋がったことがなくハブがいないそうだ。島民は皆どこへ行くにもサンダル履きだそうで長女もサンダル履き、私はビーチクリーンの時はサンダル履きだが、植物園などを歩く時はスニーカーを履く。

冬の宮古島は雨が多かった。晴れても湿気があって、洗濯物を干しても乾いているのか、乾いていないのか微妙な乾き具合だ。朝一番にすることは干潮時間をチェックすることとベランダに出て天気を確認して洗濯物をどこに干すか考える。

長女は、色別、種類別、ネットに入れる物と注文が細かい。私は洗濯機で洗えるか洗えないか、1回で洗える量かぐらいしか区別しない。

自宅に帰って洗濯物を取り込む時、パリパリに乾いた洗濯物に感動した。

「そうそう、この感じ」とゴワゴワした肌触りでも、大満足だった。

早春の山

20代後半から30代初め、東京の御岳山を中心にした自然解説のボランティアをしていた。

冬期は観察会がないので、ケーブルカー会社が運営する貸別荘に泊まり、ムササビ調査をした。

ムササビは、日没前後から日の出前後まで活動する。杉やケヤキの大木のうろなどに巣を作るので、木の穴や木肌の爪あとのささくれ、木の下に落ちているフンなどを明るいうちに下見して分散して観察する。

観察ポイントはいくつかある。御岳山の登山道。両側に杉が植えられている。神代ケヤキ、神社の拝殿の裏、神社の石段の下、長尾平など。

登山道には、時折、バイクが通るので暗闇に人が立っているとびっくりさせて事故を起こしては大変と、手前で懐中電燈をつけ人がいることを知らせる。時々、山の中からガサガサと音がして固まって様子を見るが、猫の鳴き声にほっとする。

神社の裏に1人で立っていると静けさが恐い。時々参拝者が来たり、神社で神楽《かぐら》の練習をしていたり、木の上からムササビが飛んで来て、「ぶつかる！」と身構えると急旋回して飛んでいったり、いろいろなことがある。ムササビ観察なのだから、ムササビを間近で見られるのは嬉しいけれど、激突されるのはごめんだ。ムササビも何かあると思って様子を見に近づいたのか？　からかわれたのか？

私たちムササビ観察とは別に長尾平でテントを張るグループがいた。星の観察をしているそうだ。星が相手だから、酒盛りをしてどんなに騒いでも御構いなし。遠くまで楽しそうな声が聞こえる。後年、北海道根室での自然教室で一緒に活動した1人が、その中にいるとわかって驚いた。

「暗闇でじっと立っている人って、不気味じゃない？」

「私たちはどんなに騒いでも関係ないから、お酒飲んだり、おしゃべりしたり、最後はテントから頭だけ出して星を見ながら寝ちゃう」自分たちの目的以外は無関心のようだった。

貸別荘に戻って調査の報告をし、次年度の観察会の大まかな計画をたてたり、御岳ビジターセンターの職員、宿坊の主人、御師などいくつもの顔を持つ人から、御岳山信仰などの講義を受けたり。次第に夕食をとりながら酒も入り、話題も右往左往しながら、お開きまでに翌日の下山コースを決める。

私は、自分や夫の都合で少し遠方にいたので、2、3年ブランクがあった。その間にメンバーの半数くらいが入れ替わっていた。

50代の女性は、夕食に合わせてよく豚汁を作ってくれた。私は最初この豚汁作りが嫌いだった。手伝えとは言われなかった。手伝わなくてもいいとも言われた。でも年齢的に一番下っ端なので手伝わなければ、というプレッシャーを感じていた。夕食と翌日の朝食は、各自用意することになっている。ここまで来ておさんどんか、と嫌気がさして彼女への第一印象は悪かった。お茶を入れたり、ラーメンを食べる人に作ってあげたり、とにかく親切で気配りのできる人だったので、第一印象は悪かったけれど、会う度にいい人だなと思うようになった。

60代男性は、持参した愛妻弁当を他の人に食べさせて、ひたすらお酒を飲んでいた。何かつままないと体に悪いとみんなで説得しても、「これで栄養補給するから十分」と聞かなかった。最後には、酔っぱらって管を巻くそうで、翌日の朝食の話題になった。

観察会や下見の帰りの電車内で、小型のアルミの水筒を出して飲んでいた。私は、ずっと水だと思っていたが、中身はウィスキーとのことで、私たちはいつしか〝ミスターポケットビン〟と呼ぶようになった。

私は翌日、ミスターポケットビンと豚汁の女性と3人で奥の院を登ることにした。前回は残雪で通れなかったそうで、今回も雪が残っていたら、引き返すことになった。

3月の山には、サンシュユやマンサクなど春の花が咲き始め、新芽もふくらんできた。

2人にツノハシバミの雌花を教えてもらった。花の先に紅紫色の花びらがピラピラ出て、イソギンチャクの触手のようだ。秋になる実も先がとがったものが三又のようにつき変わっているそうだ。

「私たちは、イソギンチャクの木って呼んでいるの」

春の山を3人でのんびり歩くのが、とにかく楽しかった。

「知らない人が見たら、私たち親子に見えるかなぁ。家族のようじゃない?」

私は御機嫌で、2人に何度か話し掛けたが2人はいつも無言だった。

雪は道の両側に少し残っていたが歩けないほどではなく、無事に奥の院に到着した。

武蔵御嶽神社の奥の院だが、ヤマトタケルを祭った祠《ほこら》があるだけだった。初めて奥の院に登った時は下から吹き上げる風が強く、天狗になって空を飛んでいるような気分を味わったが、今回はそれほどの風は吹いていなかった。少し残念だった。

戸隠山への2泊3日の研修旅行があり、参加申し込みした後妊娠に気付いた。1泊は夜行列車だ。迷ったが参加者の中に看護師がいたので、なんとかなるだろうと行くことにした。心配掛けるので、妊娠したことは黙っていた。帰京後、半数の人は気付いていたようで驚いた。

豚汁の女性が歩きながら、「これ食べな」とこっそり、ビーフジャーキーやチョコレートをくれて、「何故私だけ?」と疑問に思っていたが、気を使ってくれていたんだとわかった。

戸隠山へ行く前の観察会の下見の時、朝食を食べたのに途中でお腹が空いて動けなくなった。チョコレートやアメ玉でも持っていればよかったけれど、生憎何も持ち合わせていなかった。

「疲れたから、先に行って」

何度か倒木などに座って休憩をとりながら何とか登り切った。ミスターポケットビンは私が座り込む度、写真を撮りながら付き合ってくれた。「後で追いつくから太丈夫」と何度言っても待っててくれた。

「アブラチャンの若葉と柄の赤がきれいでしょう。この写真が撮りたかったんだよ」

陽光越しの黄緑と赤のコントラストがきれいだった。この時のアブラチャンの印象が強く残った。ミスターポケットビンのさり気ない気配りに感謝し、ただの酔っぱらいではないと見直した。

子が生まれ、近くに親戚も親しい友人もなく、いつも子と2人きり。出産まで山歩きをしていたので、無償に山が恋しかった。山のガイドブックや植物図鑑などを見て気を紛らせた。

「山に行きたい！」

でも千葉に山はない。鋸山くらいしか思い浮かばなかった。鋸山に行くなら、御岳山の方が行きやすい。でも、「あれを持って、これを持って、バスに乗って、あそこで乗り換えて……」考えただけで疲れてしまう。街路樹や屋敷林、公園、住宅街に残った小さな森。樹木を探して歩き回った。３人で歩いた早春の山道が特に懐しかった。

「あの時は楽しかったなぁ」

育児に行き詰まる度、何度も思い出して慰めた。イソギンチャク、アブラチャン。あの時の偽装家族の思い出があったから、乗り越えられたように思う。

２人とは年賀状のやりとりをしていた。ミスターポケットビンからは、俳句や文章の冊子や、それをまとめた本が送られてきた。

ある年、夫人からすい臓ガンで亡くなったと欠礼の葉書がきた。酒ばかり飲んじゃいけないと体現してくれたようだ。

著者プロフィール
椰田 夕子（なぎた ゆうこ）
1960年7月7日生まれ。
茨城県出身、千葉県在住。
所属団体：
新宿御苑森の会
コープ未来サークル里山ネイチャーウォーク

早春の山

2024年10月15日　初版第１刷発行

著　者　椰田 夕子
発行者　瓜谷 綱延
発行所　株式会社文芸社
〒160-0022　東京都新宿区新宿１－10－１
電話　03-5369-3060（代表）
03-5369-2299（販売）

印　刷　株式会社文芸社
製本所　株式会社MOTOMURA

ISBN978-4-286-25732-7